自分らしい幸せに気づく

シェイクスピアの言葉

一校舎比較文化研究会◎編

シェイクスピアの生涯

◎誕生から結婚まで

一六二三年刊の全集（第一・二つ折本）扉にあるシェイクスピアの肖像。

小さな町での誕生

ウィリアム・シェイクスピアは、一五六四年四月、ロンドンの北西にある小さな町ストラットフォード・アポン・エイヴォンで、皮革《ひかく》商人の父ジョン、富裕な自由農出身の母メアリーとの間に生まれました。

この年にはルネッサンスの巨匠《きょしょう》ミケランジェロが没《ぼっ》し、近代自然科学の父ガリレイが生まれています。

イギリス国内では、この年はエリザベス一世が即位して七年目にあたります。長年の宗教的対立や内乱がおさまり、貿易や産業が発達しつつあるころでした。

シェイクスピアはまさに、暗い中世が終わり近代が幕を開ける、歴史の大転換期に生まれ落ちたのです。

ストラットフォードに残るシェイクスピアの生家。

グラマー・スクールでの教育

シェイクスピアの父は小作農出身でしたが、手袋職人に転じてから商売の手を広げ、地元の名士として町長まで務めました。

当時のシェイクスピアの生活を物語る資料は、ほとんど残されていません。しかし、比較的裕福な幼少時代を送ったシェイクスピアは、地元の男子だけのグラマー・スクールに通っただろうと考えられます。

この学校では、非常にレベルの高い古典教育が行われていたようです。ここで培《つちか》ったラテン語の詩文や演劇、修辞《しゅうじ》学などの素養が、のちの戯曲執筆に大いに生かされたことは間違《まちが》いありません。

さらに、当時のストラットフォードや近郊の町にはさまざまな巡業《じゅんぎょう》劇団が訪れ、またギルド（職業組合）の職人による聖史劇も行われていました。少年シェイ

ストラットフォードのグラマー・スクール内部。少年シェイクスピアもここで学んだと考えられる。

クスピアは父親とともにこれらの劇を観《み》る機会に恵まれ、大いに刺激されたのかもしれません。

アン・ハサウェイとの結婚

一五七〇年代末ごろには、父の商売が傾《かたむ》き、一家は相当な困窮《こんきゅう》に陥《おちい》りました。

おそらく独立せざるを得なかったシェイクスピアは、十八歳にあたる一五八二年十一月、八つ年上のアン・ハサウェイと結婚しました。翌年五月には長女スザンナが生まれ、さらに二年後には双子のハムネットとジュディスが誕生しています。

二十歳にして三児の父となったシェイクスピアが、二十八歳でロンドンに出るまでの間、どこでどのように生活し、家計を支えていたのかは、いまだに謎《なぞ》のままとなっています。

シェイクスピアの「失われた年月」

21歳から28歳までの間のシェイクスピアについては何の記録もなく、どこで何をしていたのか、いまだに謎のままとなっています。この7年間は「lost years（失われた年月）」と呼ばれ、昔からさまざまな説が語られてきました。

鹿泥棒をして故郷を追われた？

「若かったシェイクスピアは近くの町にあった大邸宅の庭園から鹿を盗み、鞭打たれたり留置されたりして、ついには故郷の町を逃げ出した」という説が、17世紀後半から広く語られてきました。また、「その罪を訴えられた腹いせに、持ち主をからかう強烈な風刺詩を作ったため、町にいられなくなったのだ」と伝える伝記もあります。

ランカシャーで教師をしていた？

この時期、故郷のグラマー・スクールの教師に紹介され、北部の町ランカシャーのホートン家で家庭教師をしていたのだ、という説もあります。地方の豪族だったホートンは1581年付の遺言状に「ウィリアム・シェイクシャフトという人物の面倒をみてほしい」と書き残しており、この人物がシェイクスピアなのではないか、と考えられています。

巡業劇団に付いてロンドンへ？

ストラットフォードには女王一座・レスター伯爵一座などの劇団が巡業に来ています。シェイクスピアはどれかの一座に加わってロンドンへ出たのだ、という説も、かなり有力なものとして語られています。

◎ロンドンでの活躍初期
（一五九二～九四年頃）

一六世紀後半ごろのロンドン。テムズ川北岸、市壁の内部に建物が密集している。（一五七二年刊『世界都市図集成』より）

大都会ロンドンへ

当時のロンドンは、「今にイギリス全体を飲み込むだろう」と言われたほどの、急速に発展する大都会でした。経済と文化の中心として繁栄する一方で、地方からの移住者が押し寄せて貧民街を形成し、犯罪も絶えませんでした。

ロンドンに現れたシェイクスピアの最初の記録は、「大学才人」の劇作家ロバート・グリーンの一五九二年の文章です。この文章でグリーンは『ヘンリー六世』中の表現をもじりながら、シェイクスピアのことを「舞台を揺るがす（Shake-scene）ことができるのは自分だけだとうぬぼれている」「成り上がり者のカラス」だと、辛辣《しんらつ》な言葉で批評しています。しかし、これは逆に、シェイクスピアが新進気鋭の劇作家として注目されていたことの証明だとも言えるでしょう。

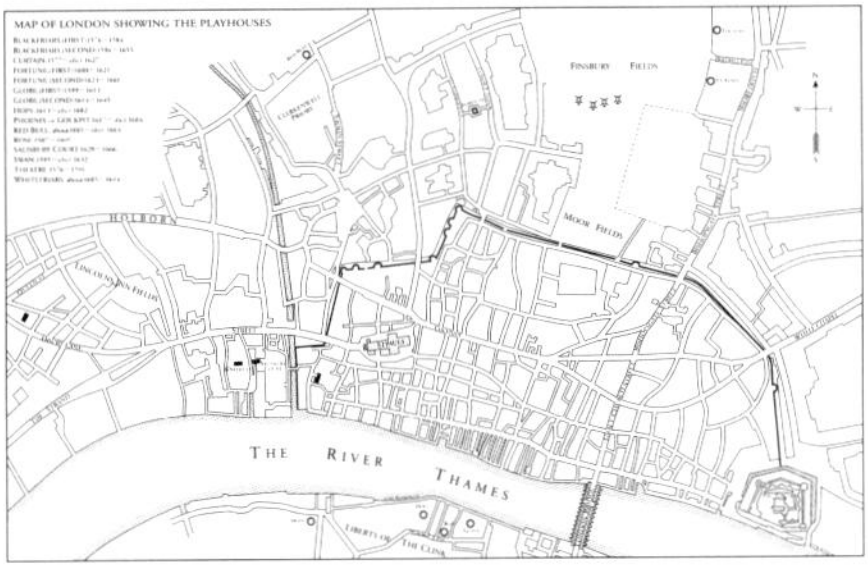

一六〇〇年ごろのロンドンの劇場分布図。シティの北側と南側の一画に劇場が集中していた。

演劇界での活躍の始まり

一五七六年、ロンドンシティの北東にシアター座が開場しました。それまで演劇は、町の広場や宿屋の中庭などを転々としながら上演されていましたが、とうとう初の「演劇上演のためだけの建物」が建設されたのです。劇場経営が商売として成立することとなり、カーテン座・ローズ座・スワン座と、劇場が続々と建てられます。民衆の幅広い層が演劇を楽しむために劇場に詰めかけ、ロンドンの演劇界は空前の盛り上がりを見せます。

劇場はそれぞれお抱《かか》えの劇団を持ち、互いにしのぎを削《けず》っていました。一五九〇年代初頭、シェイクスピアは大人気のローズ座の座《ざ》付《つき》作者として、すでに頭角を現していました。一五九二年には『ヘンリー六世』がローズ座で上演され、大ヒットしています。

『ヘンリー六世』より、王位継承権をめぐる「ばら戦争」(一四五五~八五)の開始を告げる場面。

シェイクスピアの歴史劇

劇作家シェイクスピアの出発点は、『ヘンリー六世』などの「歴史劇」にあります。

当時のロンドン演劇界では、史実に基《もと》づいた歴史劇がさかんに上演され、人気を博《はく》していました。この歴史劇の流行は、そのころの国家の情勢と深い関連があります。エリザベス一世の即位以降、イングランドは宗教問題や貿易の覇権《はけん》争いでスペインとの対立を深めていました。一五八八年にはついにスペインの無敵艦《むてきかん》隊《たい》に攻め込まれますが、イングランドはこれを破ります。自国の歴史への関心と愛国心を高めていた大衆は、イングランドやヨーロッパの歴史と現実を描く歴史劇を待ち望んでいたのです。

シェイクスピアは『ヘンリー六世』三部作から一五九九年の『ヘンリー五世』に至る一連の歴史劇で、一

ティツィアーノ画『ヴィーナスとアドーニス』（一五五三）。古代神話にあるこの話は、詩だけでなく絵画の題材ともされた。

三七〇年代後半から一四八五年のテューダー朝成立（＝近代の始まり）までの百余年のイングランドの歴史を描き切りました。シェイクスピアの歴史劇は、単に「過去」を描くだけでなく、イングランドの「現実」と「未来」とを見つめるものとして、すぐれて現代的な意味を持っていたのです。

物語詩の執筆

一五九二～九四年、衛生状態の悪かったロンドンではペストが大流行し、感染が広がるのを恐れた市の当局はすべての劇場を閉鎖《へいさ》しました。劇団経営は大打撃を受け、多くの劇団が地方巡業《じゅんぎょう》に旅立ちます。

しかし、この時期シェイクスピアは巡業には向かわず、物語詩の執筆に力を注ぎました。九三年には『ヴィーナスとアドーニス』、九四年には『ルークリース凌《りょう》

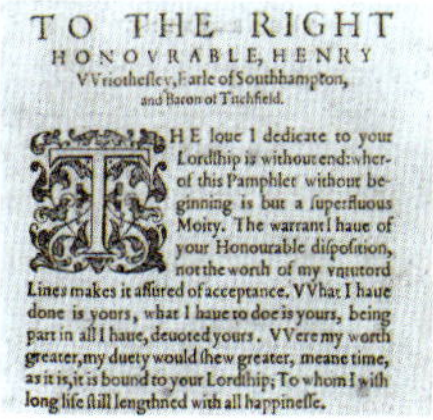

TO THE RIGHT HONOVRABLE, HENRY VVriotheſley, Earle of Southhampton, and Baron of Titchfield.

THE loue I dedicate to your Lordſhip is without end: wherof this Pamphlet without beginning is but a ſuperfluous Moity. The warrant I haue of your Honourable diſpoſition, not the worth of my vntutord Lines makes it aſſured of acceptance. VVhat I haue done is yours, what I haue to doe is yours, being part in all I haue, deuoted yours. VVere my worth greater, my duety would ſhew greater, meane time, as it is, it is bound to your Lordſhip; To whom I wiſh long life ſtill lengthned with all happineſſe.

右：サウサンプトン伯爵。
左：『ルークリース凌辱』にある伯爵への献辞。

辱《じょく》』が出版されてベストセラーとなり、詩人としてのシェイクスピアの名声を確かなものにしました。

この二編の物語詩は、当時シェイクスピアのパトロンだったサウサンプトン伯爵《はくしゃく》ヘンリー・リズリーに捧《ささ》げられています。若いながらも教養の深かった伯爵は、詩作に打ち込むシェイクスピアを援助し、かなり親密な関係にあったと伝えられています。

『ソネット集』

同じころ、おそらくシェイクスピアは『ソネット集』の執筆にもとりかかりました（刊行は一六〇九年）。一五四編のソネット（＝一四行詩）を収めたこの作品は、史上最高の「愛の詩集」だと讃《たた》えられています。また、モデルはだれなのか、いつ執筆されたのかなど、さまざまな謎《なぞ》に満ちた作品でもあります。

シェイクスピアの生涯

シェイクスピアの生きた時代

シェイクスピアを頂点とする当時のイギリス演劇の隆盛は、
激しく変転していったイギリスの時代背景と
密接なかかわりを持っています。

1453年
対フランスの百年戦争終結

1455年
ばら戦争開始
（王位をめぐる貴族の内乱）

1485年
ばら戦争終結
ヘンリー七世即位

1558年
エリザベス一世即位

1564年
シェイクスピア誕生

1576年
シアター座開場（初の常設劇場）

1603年
ジェイムズ一世即位

1616年
シェイクスピア死去

血で血を洗う王位争いの時代
一方、商工業の発達・農民の地位向上
→封建制が崩壊

中世の終焉

近代の始まり（絶対王政の開始）

貿易・商業を保護
→新興商人誕生
英国国教会成立
→以後も宗教問題で政治は混乱
エリザベス一世の治世
→すぐれた手腕で政治が安定

エリザベス一世

政治は再び混乱
国王は享楽的な生活を送る
→1642年のピューリタン革命へ

道徳劇『エヴリマン』

14世紀末、「道徳劇」が登場…町の広場や中庭、野原で上演される
度重なるペストの流行も、中世の宗教権威・秩序が崩壊する要因に

四十二行聖書

1450年ごろ活版印刷が完成→イギリスでも出版技術が普及し、大衆の文化水準向上

都市生活・大衆文化が活発化
・詩など、文学の普及
・演劇が宮廷にも大衆にも受け入れられ、ルネサンス演劇が爆発

◎大劇作家への階段（一五九四〜九九年頃）

名優リチャード・バーベッジ。彼とシェイクスピアの二人三脚が宮内大臣一座の柱となっていた。

演劇界の復活と「宮内大臣一座《くないだいじん》」の発足

一五九四年の夏にはペストの猛威《もうい》もようやくおさまり、ロンドンに演劇が戻ってきました。

この時、ロンドンの劇団は大幅に再編成され、シェイクスピアは新たに発足した「宮内大臣一座」に共同経営者兼幹部座員として加わります。そして、以後筆を折るまでの約二十年間、シェイクスピアはこの劇団の俳優・劇作家として数々の名作を生み出していったのです。

この劇団は宮内大臣のハンズドン卿《きょう》ヘンリー・ケアリをパトロンとし、ジェイムズ・バーベッジの経営するシアター座を拠点《きょてん》としていました。ライバルの「海軍大臣一座」とトップ劇団の座を争いながらも、次第《しだい》に宮内大臣一座は海軍大臣一座を引き離し、名実ともにロンドン一の劇団へと成長していきます。

ウィリアム・ケンプ。彼は宮内大臣一座を退団後の一六〇〇年、ロンドンからノリッジまでの約一六〇キロを九日間かけて踊りながら旅をした。

シェイクスピア劇を支えた名優たち

宮内大臣一座にシェイクスピアが参加したと同時に、シアター座の経営者の息子リチャード・バーベッジも一座に加わりました。俳優だったバーベッジは、シェイクスピアのよき友人として、また何よりもシェイクスピア悲劇の主役を演じる当代きっての名優として、以後シェイクスピアと歩みをともにしていきます。

バーベッジは『ジュリアス・シーザー』（一五九九）のブルータス役、また四大悲劇すべての主人公を演じました。海軍大臣一座の看板役者エドワード・アレンとバーベッジの二人は当時の大スターで、彼らが演じるというだけで多くの観客が集まったと言われます。

また、宮内大臣一座には喜劇の名優ウィリアム・ケンプもいました。彼は『夏の夜の夢』のロバ頭の職人ボトムなどを演じたと伝えられています。

イタリア・ヴェローナの「ジュリエットの家」にあるジュリエットの銅像と、名場面の舞台となったバルコニー。

座付《ざつき》作者としての活躍

宮内大臣《くないだいじん》一座という活躍の場を得たシェイクスピアは、観客の要求に応え、一座の演目を豊かにしていくために次々と名作を生み出します。

一五九〇年代は主に歴史劇と喜劇を執筆しました。喜劇では一五九三年の『間違《まちが》いの喜劇』に始まり、翌年の『じゃじゃ馬ならし』『恋の骨折り損』から名作『夏の夜の夢』（一五九五）、『ヴェニスの商人』（一五九七）、『から騒ぎ』（一五九九）などが書きつがれます。

また、一五九五年には悲劇の古典『ロミオとジュリエット』が執筆されました。この作品は後年の四大悲劇のような重厚さはありませんが、運命に翻弄《ほんろう》されながらも愛を貫いて死んでいく若い二人の姿が、哀《かな》しくも美しくロマンティックに描かれています。

一座の芝居《しばい》はエリザベス女王などの宮廷《きゅうてい》人にも人気

『ウインザーの陽気な女房たち』中、女装したフォルスタッフがフォード氏に鞭で打たれる場面。

が高く、日常の劇場公演だけでなく宮廷に呼ばれての公演も多く行いました。『ヘンリー四世』に登場するフォルスタッフをいたく気に入ったエリザベス女王が「彼の恋物語が見たい」とリクエストし、シェイクスピアはわずか二週間で喜劇『ウインザーの陽気な女房たち』を書き上げた、というのは有名な逸話《いつわ》です。

俳優としてのシェイクスピア

当時、シェイクスピアは俳優としても活動していたようです。ベン・ジョンソンの作品の主要俳優リストにシェイクスピアの名前が記載されており、また『ハムレット』の亡霊《ぼうれい》役や『お気に召すまま』のアダム役を演じたとも言われています。

しかし、俳優としてよりも劇作家としての評価のほうが圧倒的に高く、後期は執筆に専念したようです。

シェイクスピアが余生を送ったストラットフォードのニュー・プレイス。

投資家としてのシェイクスピア

宮内大臣《くないだいじん》一座の「株主」でもあったシェイクスピアは、相当な収入を得て、蓄財《ちくざい》にも力を注ぎました。一五九七年には故郷のストラットフォードに邸宅《ていたく》「ニュー・プレイス」を購入、妻子をここに住まわせました。一六〇二年にはオールド・ストラットフォードの耕地・牧草地を買います。さらに一六〇五年にはストラットフォード近辺での「十分の一税」の徴収権《ちょうしゅうけん》の半分を手に入れ、安定した収入を確保しています。最後に一六一三年には、ロンドンのブラックフライアーズ座近くの家屋を購入しました。

また、かつて父親が申請して得られなかった紋章《もんしょう》の着用許可を一五九六年に申請し、許可を得て、「紳士《しんし》(ジェントルマン)」として認められることとなりました。

苦労した父母の姿を幼いころに見ていたからでしょ

ストラットフォードのホーリー・トリニティ教会。息子ハムネットとともに、シェイクスピアもここで永遠の眠りについている。

うか、シェイクスピアは自分の余生《よせい》と子孫のための地位と財産を、確実に築き上げていったのです。

息子ハムネットの死

このころのシェイクスピアの私生活については、ほとんどが謎《なぞ》のままです。が、一五九六年には一人息子のハムネットが十一歳で亡《な》くなり、故郷ストラットフォードの教会に埋葬《まいそう》されています。

幼いハムネットの死という痛手と、悲劇『ハムレット』（一六〇一）との関連は、いろいろと推測されてはいますが定かではありません。しかし、息子の死の直後に書かれた『ジョン王』には、息子に死なれた母親が狂ったようになり、自殺しようとする姿が描かれています。ハムネットの死は、シェイクスピアの心に深い傷を残したのではないでしょうか。

テムズ川南岸からロンドン橋の向こうにロンドンの街を見渡す。手前の建物はサザック大聖堂。

宮内大臣《くないだいじん》一座の危機

一五九七年、宮内大臣一座に存続の危機が訪れます。彼らが根城《ねじろ》としていたシアター座は、建物はバーベッジ親子の所有でしたが、土地は借地でした。その借地権が一五九七年に切れるため、契約延長の交渉《こうしょう》を始めたところ、地主は借地料を大幅に上げるなどの非常に困難な条件を提示してきたのです。

話はまとまらないまま契約期限を迎え、さらに一年が過ぎます。その間に、別の劇場で上演された政治風《ふう》刺劇《しげき》が当局の怒りを買い、シアター座までが閉鎖されてしまいます。一五九八年の秋、とうとう交渉は決裂し、地主は「建物を取り壊《こわ》す」と宣言しました。

一二月、ついに一座は移転を決定します。海軍大臣一座の拠点《きょてん》ローズ座のある歓楽街《かんらくがい》、テムズ川南岸のサザック特別管区に、新しい敷地《しきち》の契約を結んだのです。

シェイクスピアの時代の演劇

シェイクスピアの時代の演劇は「イギリス・ルネサンス演劇」とも呼ばれます。この時代に演劇は、中世の宗教劇から「人間」を描く芸術へと、大きな変貌を遂げたのです。

●中世…
奇跡劇・聖史劇・道徳劇
●15世紀後半〜16世紀…
劇の世俗化（幕間劇など）
「大学才人」が劇作を始める
王侯付きの劇団が巡業

エリザベス朝演劇
演劇専門の初の劇場「シアター座」が1576年に開場
演劇が商売として成立
すぐれた劇作家が続出
ジョン・リリー
（散文体の作品が大ヒット）
トマス・キッド
（すぐれた復讐劇を執筆）
クリストファー・マーロウ
（英語でのせりふに適した詩形「ブランク・ヴァース」を確立
ウィリアム・シェイクスピア
（人間を深く描き演劇を改革）
ベン・ジョンソン
（宮廷仮面劇の第一人者）
1600年代以降は退廃が進む

1642年、清教徒によりすべての劇場が閉鎖される

劇場

1576年以降、ロンドンに劇場が続々と開場。建物は屋根のない舞台の三方を3階建ての客席がぐるりと囲む構造。舞台上には大道具も何もなく、わかりやすくて観客を惹きつける芝居が求められた。

スワン座

役者

クリストファー・マーロウ劇の主役を多く演じたエドワード・アレンなどのスターが活躍。女優はおらず、少年俳優が女性役を演じた。

エドワード・アレン

観客

演劇は大衆にも大人気で、多くの観客が富裕の別なく劇場に詰めかけた。エリザベス一世など王侯も演劇を愛好。宮廷でもさかんに演じられた。

◎グローブ座での活躍（一五九九〜一六〇三）

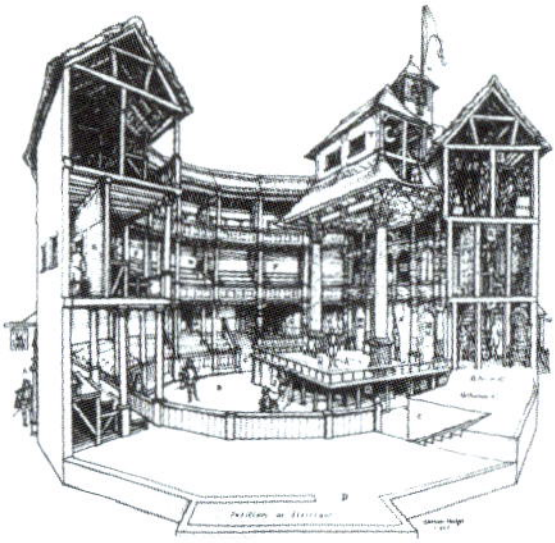

一五九九年完成のグローブ座の想像復元図。

グローブ座の完成

一五九八年の年末、一座のメンバーはシアター座の建物をこっそり解体し、木材を新しい敷地《しきち》に運び込んで、新たな劇場の建設を始めました。その冬は特に寒さが厳しく、テムズ川は凍《こお》りついていたと伝えられます。解体と建築の指揮をとったのは、フォーチュン座なども手がけた名棟梁《とうりょう》ピーター・ストリートです。

一五九九年の初夏ごろには、新しい劇場の建設は終わっていたようです。この半野外の劇場は円筒《えんとう》状の三階建てで、屋根のない舞台を客席がぐるりと取り囲む形になっていました。舞台の正面には「totus mundus agit historionem（世界は劇場なり）」という文句が掲《かか》げられていた、とも言われています。

こうして、世に名高い「グローブ座（地球座）」が完成したのです。

グローブ座がデザインされた英国郵便の切手（一九九五年発行）。スワン座・ローズ座・ホープ座・第二グローブ座と五枚セットになっていた。

グローブ座の出発にかける意気込み

この年の秋にはグローブ座での公演が始まりました。こけら落としの演目は明らかになっていませんが、『ヘンリー五世』『お気に召すまま』『ジュリアス・シーザー』などの新作が披露《ひろう》されたとも考えられます。

『ヘンリー五世』の開幕部でコーラスは、「この木造のO《オー》（this wooden O＝円形劇場）に、戦う兵士の群れを、フランスの広大な大地を閉じ込めることができようか？」と歌い上げます。これは、新しいグローブ座の舞台の上に全世界を描き出してみせる、というシェイクスピアの意気込みを表していたのかもしれません。

また『お気に召すまま』の「この世はすべて舞台、男も女もみな役者にすぎぬ」という台詞《せりふ》は、グローブ座の舞台正面に掲げられた文句と相通じており、一座の思想と情熱を表しているともいえるでしょう。

女優サラ・ベルナールの演じる男装のハムレット。当時、サラはおよそ五十五歳。

作風の変化――『ハムレット』と問題劇の執筆

グローブ座を新拠点《きょてん》とした宮内大臣《くないだいじん》一座とともに、シェイクスピアは飛躍《ひやく》と成功の時代を迎えます。そして、表向きの多忙で華やかな活躍ぶりとは裏腹に、シェイクスピアの作風は次第《しだい》に暗さと重厚さを帯びてくるのです。

『ジュリアス・シーザー』に続いて四大悲劇の一作目『ハムレット』が執筆されたのは、ちょうど世紀の移り変わるころでした。この二作では、ブルータスやハムレットの葛藤《かっとう》と苦悩が生々しく表出し、人間の「精神」の創造というこれまでにない境地を示しています。

また、このころには「問題劇」と呼ばれる一連の作品も執筆しました。これらは、筋立《すじだ》てと結末は喜劇の形をとっていながらも、内容としては風刺劇《ふうしげき》や悲劇の色合いが強く、「暗い喜劇」とも呼ばれています。

美術・音楽・映画の中のシェイクスピア

シェイクスピアの作品は後世の芸術家にも
インスピレーションを与え、数多くの名作の源となりました。
以下に挙げるのは、そのほんの一部にすぎません。

●絵画

- 1789年ロンドンに「シェイクスピア・ギャラリー」が開かれ、劇の名場面を描いた200点近くの絵画を展示。
- ウィリアム・ブレイク『憐れみ』（マクベスのせりふから着想した作品）
- ドラクロワ『オセロとデズデモーナ』
- ロセッティ『オフィーリアの狂乱』
- ミレイ『オフィーリア』

ルドン『オフィーリア』

●音楽

オペラ

- ロッシーニ『オテロ』
- ヴェルディ『マクベス』『オテロ』『ファルスタッフ』

管弦楽曲・交響曲

- ベルリオーズ『ロミオとジュリエット』
- メンデルスゾーン『真夏の夜の夢』（結婚行進曲が有名）
- チャイコフスキー『あらし』『ハムレット』
- プロコフィエフ『ロミオとジュリエット』（バレエ音楽）

●映画

- ローレンス・オリヴィエ『ヘンリー五世』『ハムレット』（アカデミー賞4部門受賞）
- オーソン・ウェルズ『マクベス』『オセロ』
- エリザベス・テイラー主演『じゃじゃ馬ならし』
- 黒澤明『乱』（『リア王』より）

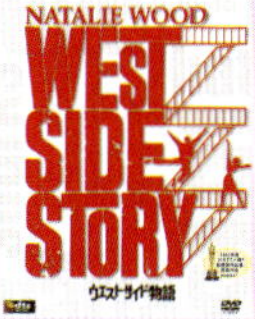

ミュージカル『ウエスト・サイド物語』は『ロミオとジュリエット』の翻案。

◎新王朝のもとでの最盛期
（一六〇三～〇八年頃）

五十九歳のエリザベス一世。足元にあるのはイギリスの地図。

エリザベス一世からジェイムズ一世へ

一五五八年以降のエリザベス一世の治世は、スペインの無敵艦隊《むてきかんたい》などの外敵を破り、また内政面でも内乱をうまく避《さ》けて国家の統一を守っていたため、国民の信頼を集め、なんとか安定を保っていました。しかし、貿易の失敗などもあり、現実の経済・社会情勢は厳しい局面が続いていました。また、女王には子供がなく、王位継承《けいしょう》者が不在のままだったこともあり、国民の潜在《せんざい》的な不安と不満は増していたのです。

一六〇三年、ついにエリザベス一世は崩御《ほうぎょ》しました。スコットランド王がジェイムズ一世として王位を継《つ》ぎましたが、新国王には前女王ほどの政治的手腕《しゅわん》はありませんでした。議会を無視し、課税や献金《けんきん》で財政危機を乗り切ろうとし、自《みずか》らは享楽《きょうらく》にひたる生活を送ったため、新王朝に対する国民の反感は募《つの》るばかりでした。

一六一〇年ごろのジェイムズ一世。風変わりで気まぐれな性格で、ぜいたくを好んだと言われる。

「国王一座」への改名

芝居《しばい》を生業とするシェイクスピアらにとっては幸いなことに、新国王も観劇を大変に好みました。国王の庇護《ひご》を得た宮内大臣《くないだいじん》一座は「国王一座」と改名します。この名は、一座が名実ともにロンドン一の劇団にのし上がったことを象徴《しょうちょう》しています。宮廷《きゅうてい》での上演回数もぐんと増え、年に平均十三回ほども行ったようです。

新王朝での演劇の変化

一方、退廃《たいはい》的な宮廷の空気や、時代の先行きの不透明さを反映してか、当時の芝居の全般が暗く陰気な色調を帯びていきます。かつての軽やかさや明るさは影をひそめ、暴力や欲望、狂気、性などが扱われるようになっていくのです。

このころから宮廷では仮面劇がさかんに上演されま

す。特にシェイクスピアのライバル、ベン・ジョンソンはすぐれた仮面劇を書き、国王の寵《ちょう》を受けました。

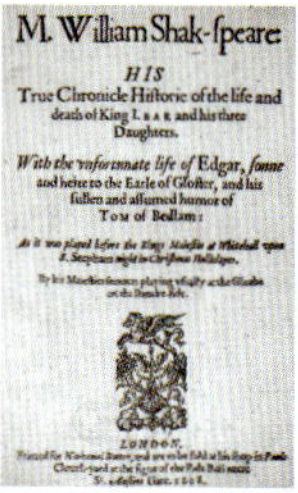
M. William Shak-speare:

HIS

True Chronicle Historie of the life and death of King Lear and his three Daughters.

With the unfortunate life of Edgar, sonne and heire to the Earle of Gloster, and his sullen and assumed humor of Tom of Bedlam:

LONDON,

右：一六〇八年刊行の『リア王』表紙。
左：ドラクロワ画『オセロとデズデモーナ』。

四大悲劇の成立

シェイクスピアの身辺では、息子の死に続き、一六〇一年には父ジョンが亡《な》くなります。そして世紀が変わり、国王が交代します。一六〇四年、シェイクスピアは四〇歳の誕生日を迎えました。ままならぬ時の流れを背景に、彼の筆は異様に冴《さ》え、深みを増していきます。

このころ、一六〇一年の『ハムレット』に続いて『オセロー』（一六〇四）、『リア王』（一六〇五）、『マクベス』（一六〇六）と、悲劇の傑作《けっさく》がたてつづけに執筆されます。これらの四大悲劇において、シェイクスピア個人の劇作だけでなく、イギリス・ルネサンス演劇全体が頂点に達したといえるでしょう。

シェイクスピアの作風史

シェイクスピアが劇作家として活躍したのは、1590年代初頭から1613年ごろの約20年間にすぎません。その間に彼は多様な名作を次々に生み出し、演劇を革新したのです。

初期（1591〜1600）

●**歴史劇**　史実に取材した、国民意識の高まりを反映した作品
1591〜92『ヘンリー六世』三部作
1593『リチャード三世』
1595『リチャード二世』
1598『ヘンリー四世』二部作　など

『ヘンリー四世』などに登場するフォルスタッフ

●**喜劇**　軽妙でロマンティックな作品
1594『じゃじゃ馬ならし』
1595『夏の夜の夢』 1597『ヴェニスの商人』
1598『から騒ぎ』 1600『お気に召すまま』　など

●**物語詩**
1593『ヴィーナスとアドーニス』
1594『ルークリース凌辱』

中期（1600〜07）

●**問題劇**　人間の深い問題を扱った「暗い喜劇」
1602『トロイラスとクレシダ』　1603『尺には尺を』
1604『終わりよければすべてよし』

●**悲劇**　四大悲劇に結実する、人間の魂を描いた作品
（1595『ロミオとジュリエット』）
1601『ハムレット』1604『オセロー』
1606『マクベス』 1606『リア王』

シェイクスピアの最初の戯曲全集（1623）

後期（1607〜12）

●**ロマンス劇**　家族の和解と救済を描いた、幻想性のある悲喜劇
1607『ペリクリーズ』
1609『冬物語』
1611『テンペスト』　など

●**十四行詩集**　一連十四行からなる詩集
1609『ソネット集』出版

※シェイクスピア作品の時代区分には諸説あります。

◎円熟の季節
（一六〇八年頃〜晩年）

ブラックフライアーズ座。ここで活動したころ、シェイクスピアの作風はさらに変化した。

ロマンス劇の執筆

一六〇八年、国王一座は新たに私設劇場「ブラックフライアーズ座」の借用権を手に入れ、季節によって二つの劇場を使い分けるようになります。

グローブ座と違《ちが》って完全屋内型のこの劇場では、ろうそくの照明を生かし、光と闇《やみ》のドラマティックな空間演出が可能でした。また、公衆劇場に比べて入場料が高かったため、一座はより裕福で知的な観客を相手に、洗練された舞台作りへと向かうことになります。

このような新たな活動の場を得たシェイクスピアは、『ペリクリーズ』『シンベリン』『冬物語』『テンペスト』と、家族の離散《りさん》と救済《きゅうさい》を描く一連の「ロマンス劇」を執筆しました。嵐や魔法、神といった幻想的な要素の多いこれらの劇では、スペクタクルな場面がふんだんに演出されています。

ウォーターハウス画『ミランダ―テンペスト』。プロスペローの娘ミランダは、孤島に流れ着く船を心配そうに見守る。

『テンペスト』

一六一一年に初演された『テンペスト』は、シェイクスピアが一人で書いた最後の作品だと言われています。『あらし』とも訳されるこの作品では、魔法の力で弟に復讐《ふくしゅう》しようとした元ミラノ大公プロスペローが、最後にはすべてを赦《ゆる》し、魔法の杖《つえ》を折って故郷に帰ろうとする物語が描かれています。

この作品の幕切れ近く、エピローグの場面で、魔法の力を失ったプロスペローは観客に向かって「私をここに閉じ込めるのも、故郷のナポリに帰すのもあなた方次第《しだい》」「どうぞ拍手をもってこのいましめを解き」「私を自由にしてください」と語りかけます。

すでに引退を考えていたであろうシェイクスピアは、プロスペローに自らの姿を重ね合わせ、観客に、舞台に、別れを告げようとしたのかもしれません。

シェイクスピアの遺言書。遺産の大部分が長女スザンナにのこされたが、妻アンに向けては「二番目に上等なベッド」と記されているにすぎない。

四十路《よそじ》の人生

劇場人としての活躍も大詰めを迎えようとしていた四十代のシェイクスピアは、以後、さまざまな人生の機微《きび》を味わうことになります。

一六〇七年、故郷のストラットフォードで長女のスザンナが地元の医師と結婚し、翌年にはシェイクスピアの初孫となる女児を出産しました。

一方、悲しい出来事も続きます。ロンドンで俳優になっていたという末弟のエドマンドが一六〇七年末に亡《な》くなりました。さらに翌年には母メアリーが、一六一二年、一三年には二人の弟がこの世を去っています。

ハムネットと双子だった次女ジュディスは一六一六年に結婚しました。しかし、直後に夫の不品行が表沙汰《おもてざた》になったため、シェイクスピアは遺言書《ゆいごん》を書き改め、彼女に与える遺産を減らしたとも言われています。

一六一六年ごろのロンドン市街図に基づいて描かれたグローブ座。再建後の姿を伝えていると考えられている。

ストラットフォードへの隠遁《いんとん》

一六一二年から翌年にかけて、シェイクスピアは最後の仕事として、『ヘンリー八世』『二人の血縁の貴公子』をジョン・フレッチャーとの共作で執筆します。

そのころには、すでにシェイクスピアは故郷ストラットフォードに退《しりぞ》いていたようです。しかしその後も、折《おり》に触《ふ》れてロンドンを訪れています。

一六一三年六月、『ヘンリー八世』上演中に、小道具の大砲《たいほう》の火がグローブ座の藁葺《わらぶ》きの屋根に燃え移り、建物が全焼するという事件が起きました。この事件はまさに、シェイクスピアを中心とする演劇の全盛時代の終わりを象徴《しょうちょう》していると言えるでしょう。

翌年、グローブ座は瓦葺《かわらぶ》きとなって再建されましたが、共同出資者のリストには、すでにシェイクスピアの名はありませんでした。

ホーリー・トリニティ教会にあるシェイクスピアの墓碑銘（右）と胸像（左）。

故郷での晩年と最期《さいご》

死期が近づいていることを感じとったのか、一六一六年一月、三月にシェイクスピアは遺言《ゆいごん》書をしたためます。その後間もない四月二十三日、奇《く》しくも五十二歳の誕生日に当たる日に、その生涯を閉じたのです。

直接の死因は明らかになっていませんが、友人のベン・ジョンソンらと楽しく酒を酌《く》み交《か》わし、そのために熱を出して死んだ、とも伝えられています。

シェイクスピアの遺体は、彼が洗礼を受けたホーリー・トリニティ教会に埋葬《まいそう》されました。その墓石には「我が遺骨《いこつ》を動かす人に呪《のろ》いあれ」という、シェイクスピア自身による謎《なぞ》めいた言葉が刻《きざ》まれています。

シェイクスピアは、短い一生を駆《か》け抜《ぬ》けて生きました。ベン・ジョンソンが記したように、彼はまさに「一時代のみの人ではなく、万代のための人」なのです。

シェイクスピア年表

シェイクスピアの履歴／世界の情勢・日本の情勢

▼西暦	▼年齢	▼シェイクスピアの履歴と周辺の出来事	▼世界の情勢　日本の情勢
一四五〇ごろ			グーテンベルク、活版印刷を創始。
一四六七			**応仁の乱（～一四七七）。戦国時代始まる。**
一四八五			ばら戦争（＝イングランドの王位をめぐる内乱）が終結し、テューダー朝開く。絶対王政始まる。
一四九二			コロンブス、新大陸を発見。
一五〇八ごろ			レオナルド・ダ・ヴィンチ『モナ・リザ』
一五一六			トマス・モア『ユートピア』
一五一七			ルター、免罪符を批判（宗教改革開始）。
一五三四			イギリス国教会成立。
一五四三			コペルニクス、地動説を提唱。 **ポルトガル人が種子島に来航。**
一五四九			**フランシスコ・ザビエルが鹿児島に来てキリスト教を伝える。**
一五五三			イングランド、メアリー一世（＝「ブラディ・メアリー」）が即位。
一五五八			イングランド、エリザベス一世が即位。
一五六〇			**桶狭間の戦い。**
一五六二			フランス、ユグノー戦争（新教派と旧教

			派の対立)。
一五六四		ウィリアム・シェイクスピア、四月二十三日ごろストラットフォード・アポン・エイヴォンにて出生。二十六日に洗礼を受ける。	ガリレオ・ガリレイ誕生。ミケランジェロ死亡。
一五六六	二		ロンドン取引所が創始。
一五六七	三		ポルトガル船が長崎に来航。
一五六八	四	父ジョン、ストラットフォードの町長に就任。	ネーデルランド(=オランダ)、対イスパニア(=スペイン)の独立戦争(〜一六四八)。
一五六九	五	女王一座がストラットフォードを訪問。ウィリアムも観劇?	織田信長上洛。安土桃山時代始まる。
一五七一	七	このころ、町のグラマー・スクールに入学か。	イスパニア、レパントの海戦でトルコを撃破。織田信長、延暦寺を焼き討ち。
一五七二	八		フランス、サン・バルテルミの虐殺(新教派を旧教派が虐殺)。
一五七三	九	レスター伯一座がストラットフォード訪問。	室町幕府滅亡。
一五七五	十一	エリザベス一世が近郊のケニルワース城に一九日間滞在。ウィリアムも祝典の水上野外劇・花火などを見物?	長篠の戦い。

一五七六	十二	イギリス最初の劇場「シアター座」、ロンドンに開場。	**織田信長、安土城を築く。**
一五七八	十四	父ジョン、不動産の一部を抵当にして借金。このころから家運が傾きはじめる。ジョン・リリーの散文体小説『ユーフュイーズ、または才智の解剖』出版。	
一五八〇	十六		イスパニア、ポルトガルを併合。
一五八一	十七		オランダ独立宣言。
一五八二	十八	十一月、アン・ハサウェイと結婚。	グレゴリウス暦(太陽暦)始まる。**本能寺の変。太閤検地始まる。**
一五八三	十九	五月、長女スザンナ誕生。	**豊臣秀吉、大坂城を築く。**
一五八五	二十一	二月、長男ハムネット・次女ジュディスの双子が誕生。	**豊臣秀吉が関白となる。**
一五八七	二十三	劇作家クリストファー・マーロウ(当時二十三歳)作『タンバレイン大王』初演。大当たりとなる。	エリザベス一世、旧教派の競位者メアリーを処刑。
一五八八	二十四		イングランド、イスパニアの無敵艦隊を破る。**豊臣秀吉の刀狩令。**
一五八九	二十五	このころ、最初の戯曲を執筆。	フランス、ブルボン朝成立。
一五九〇	二十六		**豊臣秀吉が全国を統一。**
一五九一	二十七	『ヘンリー六世・第二部』『ヘンリー六世・第三部』	

一五九二	二十八	ロバート・グリーンの『三文の知恵』で、シェイクスピアらしき劇作家について言及される。また、『ヘンリー六世』がローズ座で上演され、大入りとなる。 この夏から一五九四年夏までロンドンでペストが大流行。劇場が閉鎖される。 『ヘンリー六世・第一部』	スコットランドに長老派の教会が成立。 『西遊記』の現存する最古版が刊行。 豊臣秀吉が朝鮮に出兵（文禄の役）。 朱印船貿易始まる。
一五九三	二十九	クリストファー・マーロウ、居酒屋で喧嘩して死亡。 『リチャード三世』『タイタス・アンドロニカス』『間違いの喜劇』『ヴィーナスとアドーニス』	『天草版・伊曾保物語』『天草版・平家物語』
一五九四	三十	ロンドンの劇団の再編成。ウィリアムは「宮内大臣一座」に共同経営者兼幹部座員として参加。 劇作家トマス・キッド死亡。 『じゃじゃ馬ならし』『ヴェローナの二紳士』『恋の骨折り損』『ルークリース凌辱』	石川五右衛門、京都三条河原で釜ゆでの刑に処せられる。
一五九五	三十一	『夏の夜の夢』『ロミオとジュリエット』『リチャード二世』	関白豊臣秀次、秀吉の命により切腹。
一五九六	三十二	八月、長男ハムネット死亡。シェイクスピア家、紋章の使用を改めて申請。 『ジョン王』	イングランドとフランス、オランダと同盟を結ぶ。 明で『本草綱目』（薬物書）成立。

一五九七	三十三	ストラットフォードに邸宅ニュー・プレイスを購入し、妻子が移り住む。 宮内大臣一座、シアター座の借地契約が失効。 契約延長の交渉が難航。	サファヴィ朝（現イラン）、イスファハーンに遷都。 **豊臣秀吉が朝鮮に出兵（第二次：慶長の役）。**
一五九八	三十四	『ヴェニスの商人』 宮内大臣一座、サザック特別管区に新しい劇場用の敷地を借りる。十二月二十八日ごろシアター座の建物を解体し、翌年一月にかけて木材を運び込む。	フランス、ナントの勅令（ヨーロッパで初めて信教の自由が確立）。 **豊臣秀吉死去。**
一五九九	三十五	『ヘンリー四世・第一部』『ヘンリー四世・第二部』 『ウィンザーの陽気な女房たち』 グローブ座完成。秋ごろまでに開場。 『ヘンリー五世』『から騒ぎ』『ジュリアス・シーザー』	
一六〇〇	三十六	『お気に召すまま』『十二夜』	イングランド、東インド会社を設立。 **関ヶ原の戦い。**
一六〇一	三十七	九月、父ジョン死亡。 『ハムレット』	イングランド、エセックス伯の反乱。
一六〇二	三十八	オールド・ストラットフォードに耕地・牧草地を購入。 『トロイラスとクレシダ』	オランダ、東インド会社を設立。

一六〇三	三十九	ジェイムス一世が宮内大臣一座のパトロンとなり、一座は「国王一座」と改名。 『終わりよければすべてよし』『ソネット集』	エリザベス一世崩御。スコットランド王ジェイムス六世がイングランド王位を継ぎ、ジェイムス一世となる。 徳川家康、江戸幕府を開く。江戸時代始まる。 出雲の阿国、歌舞伎踊りを創始。
一六〇四	四十	『尺には尺を』『オセロー』	フランス、カナダに植民を始める。
一六〇五	四十一	劇作家ベン・ジョンソン、初の仮面劇『黒の仮面劇』を宮廷で上演。 『リア王』	オランダとフランスで初の新聞発行。 秀忠が二代将軍となる。
一六〇六	四十二	ストラットフォード近辺三村の「十分の一税」徴収権の半分を入手。 『マクベス』	
一六〇七	四十三	六月、長女スザンナが医師ジョン・ホールと結婚。 十二月、弟エドマンド死亡。 『アントニーとクレオパトラ』『アテネのタイモン』 『コリオレイナス』	イングランド、アメリカに最初の植民地ジェイムズタウンを建設。 朝鮮と国交回復。
一六〇八	四十四	二月、スザンナの長女エリザベス誕生。九月、母メアリー死亡。 国王一座、私設劇場「ブラック・フライアーズ座」の借用権を得る。以後、この劇場とグローブ座	フランス、カナダのケベックに植民地を建設。

一六〇九	四十五	の二劇場で公演。 『ペリクリーズ』 『シンベリン』	ケプラー『天体の三法則』 平戸にオランダ商館が設置され、貿易開始。
一六一〇	四十六	このころ故郷ストラットフォードに引退？ 『冬物語』	
一六一一	四十七	『テンペスト』	ジェイムズ一世の命による『欽定訳聖書』完成。
一六一二	四十八	二月、弟ギルバート死亡。 『ヘンリー八世』（ジョン・フレッチャーとの共作）	
一六一三	四十九	ロンドンのブラック・フライアーズ座近くに家屋を購入。二月、弟リチャード死亡。 六月、『ヘンリー八世』公演中の事故でグローブ座が全焼。 『血縁の二人の貴公子』（ジョン・フレッチャーとの共作）	ロシア、ロマノフ朝が成立。 イングランド船が平戸に来航。幕府は通商を許可。 伊達政宗、使節をヨーロッパに派遣。
一六一四	五十	グローブ座再建。	ルーベンス『キリスト降架』 大坂冬の陣。
一六一五	五十一		セルバンテス『ドン・キホーテ』 大坂夏の陣。

一六一六	五十二	一月、遺言状を作成。二月、次女ジュディスが知人の息子トマス・クワイニーと結婚。三月、遺言状を書き換える。四月二十三日、ウィリアム・シェイクスピア死亡。ストラットフォードのホーリー・トリニティ教会に埋葬される。	ヌルハチ汗、女真族を統一して現中国東北部に後金国を建国(後の清国)。**徳川家康が死亡。**
一六一八			三十年戦争(ドイツ中心の、ヨーロッパ最大の宗教戦争)。
一六二〇			メイフラワー号が北アメリカに上陸。
一六二三		妻アン死亡。ホーリー・トリニティ教会に埋葬。最初の戯曲全集、第一・二つ折本(ファースト・フォーリオ)出版。	**家光が三代将軍となる。イングランド、平戸の商館閉鎖。**
一六二五			ジェイムズ一世崩御。チャールズ一世即位。
一六二八			イングランド議会、国王に権利請願。
一六四二		議会がロンドンの全劇場を閉鎖。	清教徒革命。絶対王政倒れ、共和制が施行される。
一六六〇		王政復古により劇場が復活。	イングランドで王政復古。

CONTENTS

＊第2章　この世はすべて舞台、男も女もみな役者

＊

第3章　生きるか、死ぬか、それが問題だ

＊第4章　どんなに長くても、夜はいつか明ける

本書の紙面構成

インデックス（見出し）

シェイクスピアの名文句

出典と背景知識

「自分らしい幸せに気づく」エッセイ

許されない恋

ああ、ロミオ、ロミオ、あなたはどうしてロミオなの。

『ロミオとジュリエット』第二幕第二場より――

ジュリエットの家の庭にロミオが忍《しの》び込んできているのを知らずに、ジュリエットが発する嘆《なげ》きの言葉である。場所は、ジュリエットの部屋のバルコニー。作品の舞台であるヴェローナには、ジュリエット（イタリアではジュリエッタ）の家があり、そのバルコニーは観光名所となっていて、庭には、彼女の像もある。

この台詞《せりふ》は、『ロミオとジュリエット』の中でも最もよく知られているものでしょう。ロミオがジュリエットの家の庭に忍び込み、身を潜《ひそ》ませていると、バルコニーにジュリエットが姿を現してつぶやくのがこの言葉です。恋する相手が、自分の家と対立する家の一人息子だと知ったジュリエットの悩みは深く、ロミオが他の家の者ならよかったのにという彼女の心は限りなく重いのです。

自分の好きになった相手が、絶対に好きになってはいけない相手だったとしたら、どうすればよいでしょう。これは人類の歴史のなかで繰《く》り返されてきた難問ですが、私たちの日常でもけっして珍《めずら》しいことではありません。愛を貫《つらぬ》くか、そ

第1章◎もし一年中が祭日だったら…

他人の傷をあざ笑うもの

傷の痛みを感じたことのない者は、他人の傷跡《きずあと》をあざ笑う。

『ロミオとジュリエット』第二幕第二場より——

自分の家とは敵《かたき》どうしの関係にあるキャピュレット家の宴《うたげ》にもぐり込んだロミオは、そこで美しい娘を一目見て恋に落ちる。しかしそれは、キャピュレットの一人娘だった。思いつめた様子のロミオを友人たちがからかったのに対して、ロミオがひとりつぶやくのがこの言葉である。

ジュリエットに一目ぼれしたロミオですが、それがキャピュレットの娘だと知ると、この恋のゆくえに不安を抱《いだ》きます。実は、ロミオは、キャピュレット家の宴に向かう途中で、その宴をきっかけにして非業《ひごう》の死が自分を襲《おそ》うという予感に胸騒《むなさわ》ぎを覚えていました。

一方、ロミオを一目見て恋に落ちたジュリエットも、彼がモンタギューの息子であることを知り、この恋に不吉なものを感じます。こうした二人の予感は、最後に二人を襲うことになる悲劇を予告するものです。

他人の気持ちを理解するのは難しいことです。「あなたの気持ちはよくわかる」などとよく言いますが、自分の経験から推測して、相手の気持ちがある程度まではわかったとしても、完全に理解することは不可能です。一人ひとりの置かれている状況はそれぞれ異なりますし、感受性も受け止め方もさまざまだからです。

それでも、他人の心を推《お》し量《はか》り、その悲しみや喜びを共有しようとすることは大切です。そうしたときに想像力を発揮《はっき》できる人こそが、真の意味で思いやりにあふれた人なのではないでしょうか。

許されない恋

ああ、ロミオ、ロミオ、あなたはどうしてロミオなの。

『ロミオとジュリエット』第二幕第二場より――

ジュリエットの家の庭にロミオが忍《しの》び込んできているのを知らずに、ジュリエットが発する嘆《なげ》きの言葉である。場所は、ジュリエットの部屋のバルコニー。作品の舞台であるヴェローナには、ジュリエット（イタリアではジュリエッタ）の家があり、そのバルコニーは観光名所となっていて、庭には、彼女の像もある。

この台詞《せりふ》は、『ロミオとジュリエット』の中でも最もよく知られているものでしょう。ロミオがジュリエットの家の庭に忍び込み、身を潜《ひそ》ませていると、バルコニーにジュリエットが姿を現してつぶやくのがこの言葉です。恋する相手が、自分の家と対立する家の一人息子だと知ったジュリエットの悩みは深く、ロミオが他の家の者ならよかったのにという彼女の心は限りなく重いのです。

自分の好きになった相手が、絶対に好きになってはいけない相手だったとしたら、どうすればよいでしょう。これは人類の歴史のなかで繰《く》り返されてきた難問ですが、私たちの日常でもけっして珍《めずら》しいことではありません。愛を貫《つらぬ》くか、それとも世間に従うか、人生の大きな分かれ道なのです。

ロミオとジュリエットは愛を選ぶのですが、この愛は、不運な偶然《ぐうぜん》によって二人が自殺するという、悲劇的な結末を迎えます。現実の世界に生きる私たちとしては、愛を貫きながらも何とかして生き延《の》びる道を探ることになるのでしょう。なお、ミュージカルや映画でおなじみの『ウエストサイド物語』は、この作品の舞台を現代に置き換《か》えて、翻案《ほんあん》したものです。

名前などどうでもよい

名前に何があるの？　私たちがバラと呼んでいるものは、それを他《ほか》のどんな名で呼んでも、甘く香る。

『ロミオとジュリエット』第二幕第二場より――

ジュリエットは、自分が恋に落ちた相手ロミオが、ロミオという名ではなく別の名であれば、自分の恋を妨《さまた》げるものはなくなると考える。ジュリエットが愛するのはロミオという名前ではなく、その名で呼ばれている青年である。名前が変わっても、そのほんとうの姿は変わらないのだから、名前が違《ちが》えばよいのだという切実な恋心。

ロミオが敵対する家の一人息子であることに苦しむジュリエットは、名前がどうしたというのだと叫ぶのです。激しく燃え上がる恋の炎の前では、家柄《いえがら》も家どうしの関係も意味のないことです。しかし、現実には、互《たが》いの家どうしの敵対関係が、ロミオとジュリエットの恋を阻《はば》んでいるのです。「名前に何があるの？」というジュリエットの言葉には、激しい愛のほとばしりがこめられているのです。

ロミオがロミオという名前でなく、モンタギュー家の者でなければよいのにという、ジュリエットの思いはよくわかりますが、それはどうにもならないこと。どうにもならないことを思い悩むのは、つまらないことです。

自分の恋を妨げるものがある場合には、それを取り除くか、恋をあきらめるかのどちらかしかないのです。そしてあきらめたくないのであれば、恋を成就《じょうじゅ》させるために懸命《けんめい》の努力をしなければなりません。

現代では、恋愛は自由ですが、それでも、許されない恋は依然《いぜん》としてあります。そんな恋に陥《おちい》ったときは、手遅《てお》くれになる前に適切な決断をしないと、悲劇的な結末が訪れることになるかもしれません。恋は、時として恐ろしいものなのです。

悪徳が美徳になることもある

美徳自体も使い方を誤《あやま》れば悪徳となり、悪徳も堂々とした行いによって時として美徳となる。

『ロミオとジュリエット』第二幕第三場より――

親に許されない結婚を成立させようとする修道士ロレンスの言葉である。ジュリエットは親の決めた相手と結婚させられることになったが、それをなんとか逃《のが》れさせるために、ロレンスは一計を案じる。これがうまくいけばロミオとジュリエットは結婚することができるはずだったのだが、運命は彼らを悲劇へと導くことになる。

ジュリエットの親は、彼女を町の有力貴族と結婚させせようとします。ジュリエットの相談を受けた修道士ロレンスは、秘薬によりジュリエットを仮死状態にして彼女が死んだと思わせ、ジュリエットが霊廟《れいびょう》に納められた後に、息を吹き返した彼女とロミオを結婚させるという計画を立てます。

この計画は途中《とちゅう》まではうまくいくのですが、計画がロミオに伝わらず、ジュリエットがほんとうに死んだと思った彼は、彼女の墓前で自殺してしまいます。直後に息を吹き返したジュリエットもまた、ロミオの亡骸《なきがら》を見て、自殺します。

日本には「嘘《うそ》も方便《ほうべん》」ということわざがありますが、ロレンスは修道士なので、嘘をつくのは好ましいことではないでしょう。しかし、愛し合う二人のためには、悪とされることも行わなければなりません。その「悪」によって愛し合う二人に幸福がもたらされるはずだからです。ロレンスの計画は悲劇的な結末を招いてしまいましたが、重大な問題を解決するためには、世間で悪いとされているようなことでも、緊急避難的に行わなければならないことがあります。そして、それは勇気ある行動として認められるべきであり、けっして罪ではないのです。

災難を避《さ》けるには

雲が出てきたら、賢《かしこ》い人間はマントを身につける。

『リチャード三世』第二幕第三場より――

イングランドの王エドワード四世が亡くなり、政情が不安定になることを心配する市民たちの会話のなかで、市民の一人が言う言葉である。彼は、グロスター公リチャード（後のリチャード三世）には注意が必要だとも言っており、リチャードの評判が市民たちの間でもよくなかったことをうかがわせる。

リチャードの長兄エドワード四世が亡《な》くなると、リチャードは自ら王位に就《つ》こうとします。彼はすでに次兄クレランスを暗殺しています。そしてその後も、自分にとって邪魔《じゃま》になりそうな者はことごとく殺害していきます。芝居《しばい》の展開としては、「雲が出てきたら、賢い人間はマントを身につける」と市民が言うよりも前の場面で、観客は、悪の権化《ごんげ》のようなリチャードのさまざまな陰謀《いんぼう》を見せつけられていますから、この市民の言葉には、説得力があるはずです。

市民の言葉は、政情が不安定になったら、それに備えるべきだということのたとえとして言われているわけですが、もっと一般的に言えば、危険性を感じたら対策を講じるべきだということになります。言われるまでもないように思えますが、問題は危険を予見できるかどうかということです。

私たちを取り巻く世界は危険に満ちています。それに気をつけなければならないのはもちろんですが、恐れてばかりいては何もできません。「杞憂《きゆう》」という言葉がありますが、必要のない心配までしていたのでは、生きることさえ窮屈《きゅうくつ》です。細心の注意を払いながら勇気をもって行動することが求められるのです。

恐れるのは自分自身

俺は何を恐れているのだ？　自分自身をか？

『リチャード三世』第五幕第三場より——

王位には就《つ》いたものの、リチャード三世の周辺は落ち着かない。さまざまな陰謀《いんぼう》を繰《く》り返してきた彼には、心から信頼できる側近がおらず、裏切りと復讐《ふくしゅう》の恐れに不安が募《つの》るのだ。そんな彼の前に、これまでに彼が殺してきた者たちの亡霊《ぼうれい》が次々と現れ、彼を苦しめる。これは、そんな悪夢からさめたリチャードがつぶやく言葉である。

陰謀と冷徹《れいてつ》な判断、冷酷な行動で王位に就いたリチャード三世ですが、ランカスター家のリッチモンドが彼を倒そうと挙兵します。リチャードは戦いに臨《のぞ》みますが、士気があがりません。邪魔者《じゃまもの》を次々と殺してきたリチャードにとって、恐ろしい者などいないはずなのですが、言い知れぬ恐怖が彼を襲《おそ》います。そして、恐怖にとらわれ始めたリチャードは、破滅への道を突き進むことになるのです。

私たちが何かを恐れるとき、その恐れる対象がたしかにあるとしても、それを恐れるのは結局のところ自分の心です。自分の心のなかに恐怖が目覚めたとき、何もかもが恐ろしくなるのです。その意味では、私たちに恐怖を抱《いだ》かせるのは自分自身だと言えるでしょう。

言いようのない恐怖、原因のわからない恐怖に襲われるとき、私たちはどうすることもできずに、ただただおびえてしまいがちです。しかし、その恐怖のもとが自分の内面にあるのだとしたら、解決することも不可能ではないでしょう。勇気をもって、自分自身の心の奥深くまでのぞき込んでみれば、そこに「何か」を見つけることができるに違《ちが》いありません。

超あらすじ① 四大悲劇

ハムレット

デンマークの王子ハムレットは、前国王であった父を殺害して母と結婚し、王の座についた叔父《おじ》のクローディアスに復讐《ふくしゅう》するため、気が触《ふ》れたふりをしてチャンスをうかがっていた。これに勘づいたクローディアスはハムレットの殺害を計画、ハムレットは剣に毒を塗った相手と決闘することになる。決闘の間にクローディアスを刺して復讐を果たすが、みずからも剣の毒により命を落とす。

オセロー

ヴェニスの貴族で、軍の総司令官でもあるオセローは、黒い肌の持ち主。結婚したばかりの美しい妻を心から愛していた。しかし、妻が自分の副官と通じているという嘘《うそ》を信じて嫉妬《しっと》に苦しむようになり、理性を失った彼は、ついに妻を殺してしまう。

その後、不倫の事実はなかったことがわかり、オセローはみずからの過《あやま》ちを悔《く》やんで、息絶えた妻に口づけしながら命を絶つ。

マクベス

武将マクベスは、戦いに勝利して帰る途中、荒野で三人の魔女に出会う。魔女は、マクベスがいずれ王になると予言する。マクベスとその妻はこの予言を実現させようという野心にとりつかれ、国王を暗殺して王位を奪ってしまう。

しかしその直後から、マクベスは王座を失うことを恐れて疑心暗鬼《ぎしんあんき》になり、殺人を重ねていく。そして、味方が次々に離れてゆき、自分が魔女にだまされていたことに気づくと、最後は自暴自棄《じぼうじき》になって戦場で命を落とす。

リア王

高齢のリア王は、三人の娘に国を分け与えて退位しようと考えた。長女と次女は父への敬意を大げさに表現して領土を受け取るが、末娘コーディリアは率直な気持ちを伝えたためにリアの怒りを買い、勘当《かんどう》される。リアは長女と次女を頼るが、裏切られ、荒野をさまようことになる。フランス王妃となっていたコーディリアは、父を助けるために仏軍とともにやってくる。しかし戦いに敗れ、コーディリアは殺される。リアは彼女の遺体を抱いたまま、悲しみのあまり絶命する。

一年中が祭日だったら

もし一年中が祭日だったら、遊ぶことも働くのと同じように、退屈なものになるだろう。

『ヘンリー四世第一部』第一幕第二場より――

ヘンリー四世の皇太子ヘンリー（後のヘンリー五世）は、放蕩《ほうとう》を重ねて父親を悩ませていた。悪党たちがたむろする酒場に入りびたり、好き放題のことをしていたのだ。皇太子は、しかし、今はこうして遊び暮らしているが、いずれは皇太子にふさわしい暮らしに戻ろうと考えている。そんなヘンリーが言う言葉である。

自堕落《じだらく》な生活をしていて人々から何も期待されなくなってから、突然行いを改めれば、自分のよい行いが引き立つと皇太子ヘンリーは考えます。したがって、彼の言う「もし一年中が祭日だったら」の「祭日」とは、自分のりっぱな行いをたとえたものなのですが、もっと一般化して受け止めることもできます。

同じようなことが毎日続けば、それはあたりまえのことになってしまい、感動もありがたみも薄れます。祭日はたまにあるからこそ、それを待ちわびる気持ちが生まれ、お祭りの気分が盛り上がるのです。

日本では「ハレ（晴れ）」と「ケ（褻）」という分け方をしますが、日常が「ケ」で、特別な日が「ハレ」です。この考え方からすると、特別なはずの日も、毎日続けば特別ではなくなり、「日常」になってしまいます。たまに訪れる特別な日や特別な催《もよお》しは、たまにしかないからこそ貴重なのです。

しかし、見方をかえれば、私たちが毎日無事に暮らせるのも、ほんとうは特別なことなのかもしれません。そう考えれば、ありふれた毎日もありがたいものに思えてきて、日々を大切にする気持ちが芽ばえるのではないでしょうか。

好機を逃《のが》すな

ぐずぐずしている間に、好機は去ってしまう。

『ヘンリー四世第一部』第三幕第二場より——

ヘンリー四世は、先王を追い出す形で王位に就《つ》いたのだが、それに貢献した貴族たちは、その後の処遇に不満をもち、反乱を起こす。王は兵を集め、皇太子も呼び戻して反乱軍の鎮圧《ちんあつ》に取りかかる。そんな場面で、王が皇太子に言う言葉である。

国外に逃れていたヘンリー四世は、ノーサンバランド伯爵《はくしゃく》などの働きで王位に就いたのですが、ノーサンバランド伯は自分たちの処遇に不満でした。彼は、名高い武将である長男のホットスパーらと力を合わせ、反乱を起こします。

この危機に直面し、反乱軍を鎮圧する準備をしていた王は、反乱軍が結集したという知らせを受けると、好機を逃してはならぬと皇太子に語るのです。なお、この戦いは、結果的には皇太子がホットスパーを一騎討《いっきう》ちにより倒したことで、王の軍の勝利に終わります。

何かを実行して成功させるには、タイミングが重要です。これを誤《あやま》ると、せっかくの計画も中途《ちゅうと》でだめになりかねません。ただ、いつがその時機なのかを見抜《みぬ》くことは、なかなか困難です。入念な準備と、正確な情報に基《もと》づく冷静な情勢分析により、機を逃さずに決断することが指導者には求められます。

そしてもう一つ大切なのは、いったん事を起こしたら、情熱をもってそれに取り組むということです。洞察《どうさつ》力と判断力があり、しかも熱い心をもち続けられるということが、真のリーダーの条件なのです。

「うわさ」のもとは憶測《おくそく》と嫉妬《しっと》

「うわさ」とは、憶測と嫉妬によって吹かれる笛だ。

『ヘンリー四世第二部』プロローグより――

この戯曲の冒頭に登場する、擬人化《ぎじんか》された「うわさ」が語る言葉である。彼によれば、「うわさ」とは、この地上に起こるあらゆる出来事を伝え広め、悪口を言いふらし、人々に偽《にせ》の情報を伝えるものだ。この戯曲では、この「うわさ」が言うように、戦争の情勢に関する誤った情報が飛び交う。

反乱軍は王との戦いに臨《のぞ》みましたが、ノーサンバランド伯爵《はくしゃく》は出陣しませんでした。その伯爵に、味方が勝利したという知らせがまずもたらされます。ところが、これは「うわさ」がばらまいた虚報だったのです。次々ともたらされる情報は混乱していて、どれが正しい情報なのかわからなくなります。やがて、味方の敗北と長男ホットスパーの戦死が確実であることがわかりますが、伯爵は、今度はヨーク大司教の軍と協力して、王に立ち向かおうとするのです。

「うわさ」と一口に言っても、他愛のないものから重大なものまであります。『『うわさ』とは、憶測と嫉妬によって吹かれる笛だ」と言いましたが、悪質なうわさは争いの原因になることが少なくありません。

自分の得た情報が正しいものなのか、それともただのうわさに過ぎないのかという判断を誤《あやま》ると、ときにそれが命取りになります。あふれる情報のなかから、正しく有用な情報を取り出すのは至難《しなん》のわざです。今後の社会では、「うわさ」の笛の音に踊らされることなく、どれだけ正確な情報を得ることができるかが、ますます重要になってくるでしょう。

今のことよりも、過去と未来のほうがよく思える

なんと呪《のろ》わしい人間の考えか！　過去と未来は最もよく、現在のことは最悪だと思うのだ。

『ヘンリー四世第二部』第一幕第三場より――

国王に反旗をひるがえした大司教の言葉である。ホットスパーを倒された反乱軍は、ヨークの大司教を味方につけることで、反乱に正当性を与えようとします。大司教は、ヘンリー四世を即位させたのは国民がそれを望んだからだが、今その王を退位させようとしているのも同じ国民だとして、このように言うのである。

ヨークの大司教が王に対して兵を起こしたのは、国の乱れを正すためだというのが大義名分《たいぎめいぶん》です。しかし、そういう大司教みずからが、国民の気まぐれを嘆《なげ》いているのです。今の王が気に入らないと王の交代を求め、その新しい王を初めのうちは大歓迎するが、すぐにまた気に入らなくなって、前の王のほうがよかったというのが民衆だというのです。

大司教が言うように、過去を美化し、これからやってくる未来に夢を抱《いだ》くということが、たしかに私たちにはあります。そしてそれは、現状に不満をもつことにもつながるでしょう。しかし、それが人間の本性《ほんしょう》というものではないでしょうか。

「足《た》るを知る」のも大切ですが、自分の置かれている状況に満足しきっていたのでは、何も変わりません。どこまでが望むべきことで、どこからが我慢《がまん》すべきことなのかという、明確な基準はありません。地位や名誉ばかりをひたすら追い求めるのはどうかと思いますが、自分の内面に関しては、現状に満足せず、自分をより高めていこうとするのは、人として正しいことであると思えます。

「時」に従う

私たちは「時」の家来だ。

『ヘンリー四世第二部』第一幕第三場より――

反乱軍に加わっているヘースティングス卿《きょう》の言葉である。彼は、自分たちの軍が王の軍に対して戦力的に劣《おと》ることは承知しているが、相手が目の前に迫ってきている以上、これと戦うしかないと考えている。そんな彼が、今こそ出陣するべき時だと言っているのである。

大司教は、現在の政治を正すという大義名分《たいぎめいぶん》のもとに反乱を起こしますが、思うような戦力が整わず、出陣の時期を決めかねていました。戦力が整うまで待つべきだという意見がある一方で、今の戦力で十分だという意見もあります。しかし、王はフランスとウェールズに対する備えもしなければならないので、自分たちに向かってくる戦力はそれほど強大ではないとの判断から、出陣の決断が下されます。

何かを始めるときには、時機を見ることが重要な場合があります。どんなに優れた計画でも、時機を見誤《みあやま》ると失敗に終わります。しかし、いつがその時機なのかを判断するのは難しいことです。さまざまな事情で、いつまでも先には延《の》ばせないということもあるでしょう。また、あまり先延ばしにしていると、気勢をそがれるということもあります。

状況を冷静に見つめ、正しい情報に基《もと》づいた的確な判断が求められるのですが、最後はどこかで決断しなければなりません。もっとも、結果的にうまくいったときに、「時機に合っていた」と言われることになるのかもしれませんが。

人生には歴史がある

すべての人の人生には歴史がある。

『ヘンリー四世第二部』第三幕第一場より――

反乱が起き、国が乱れていることの原因は、自分が王になったことにあると考えるヘンリー四世は、自分が先王を追い落としたときに、すでに先王によって今日《こんにち》の事態は予言されていたのだと言う。それに対してウォリック伯爵《はくしゃく》が言うのが、この言葉である。

ヘンリー四世は、自分が王になるに至《いた》ったいきさつを振り返り、先王が今日のこの事態を予言していたと言います。それに対してウォリック伯は、そうしたことを予言が的中したかのように考えるべきではないと、冷静にさとします。自分の人生を振り返れば、ときには将来を予測することもできるのであり、先王の言ったことを予言のように考えるべきではないということです。

だれかの言ったとおりのことが起こると、まるでその人が予言者であるかのように思われることがありますが、このウォリック伯の言葉は、そうしたことにはあくまでも冷静に対すべきだということを教えてくれます。

世の中のものごとは因果関係で成り立っている場合が多いですから、自分の経験に照らして考えれば、何かが起きたときに、そこから生じる結果をある程度は予測できるのです。そして、経験が豊かであればあるほど、予測もしやすくなるはずです。

考えてみれば私たちも、日々こうした予測を行いつつ、人生を送っているわけです。もちろん、その予測が常に当たるとは限らないわけですが。

謙虚《けんきょ》さが悲劇を招くこともある

私が頂きたいのは、世界を統御《とうぎょ》する笏《しゃく》ではなく、私の歳《とし》にふさわしい名誉の杖《つえ》だ。

『タイタス・アンドロニカス』第一幕第一場より――

ローマ帝国の将軍タイタス・アンドロニカスは、首都ローマに凱旋《がいせん》しローマ市民の歓迎を受けるが、そこでは、亡《な》くなった先の皇帝の後継者をめぐって争いが起きていた。先帝の二人の息子が、それぞれ自分こそが皇帝にふさわしいと主張していたのだ。これに対し、皇帝にふさわしいのはタイタスだという声があがる。そのときにタイタスが述べるのがこの言葉。

タイタスはゴート族の反乱を鎮圧《ちんあつ》し、ゴート族の女王を捕虜《ほりょ》にしてローマに凱旋しました。ローマ市民はこぞって凱旋将軍を歓迎し、彼を皇帝にしようとする動きも起こりましたが、「私が頂きたいのは、世界を統御する笏ではなく、私の歳にふさわしい名誉の杖だ」と言って、タイタスは辞退するのです。ここには彼の謙虚さが表れているのですが、この謙虚さが悲劇を生む原因の一つになります。

現代の社会で考えてみると、大きな業績をあげた人が、会社のトップになったり、組織や団体の長になったりすることは珍《めずら》しくありません。そして、多くの人がこうした地位に就《つ》きたいと思うものです。もちろん、高い地位には重い責任が伴いますから、トップに就くのを好まない人もいますが、少なくとも、トップの地位に就くようにと多くの人から推《お》されれば、悪い気はしないでしょう。

推されるままにその地位に就くか、それとも固辞するかは大きな決断です。自分がその地位に就いた場合にどういったことが生じるか、また、固辞した場合に何か問題が起きないか。そうしたことをじっくりと考えたうえで、自分の道を決める必要があるでしょう。

人は自分中心に考えがち

めまいがする人は世界の方が回っていると思うものです。

『じゃじゃ馬ならし』第五幕第二場より——

この戯曲も最後の場になり、めでたく誕生した三組のカップルが食事を楽しんでいるときに、ペトールーキオーが「ホーテンショーは未亡人を恐れている」と言い出すと、ホーテンショーのお相手の未亡人が「私は恐れてなんかいません」と口をはさむ。未亡人が誤解したと思ったペトールーキオーが「私はホーテンショーが未亡人を恐れていると言ったんですよ」と応じたのに対して未亡人が言うのがこの言葉である。

美しく気立てのよいビアンカには複数の求婚者がいますが、彼女の父親は、姉の結婚が先だと主張します。その姉とは、美人だが、じゃじゃ馬のカタリーナです。ビアンカの求婚者たちが手を結んでカタリーナの結婚相手を探すと、ペトルーキオーがカタリーナと結婚したいと言い出して、なかば強引に結婚してしまいます。そしてカタリーナを徹底的に教育し、従順な奥様に変身させたのです。一方、ビアンカも相思相愛の相手と結ばれ、めでたしめでたしとなります。

「めまいがする人は世界の方が回っていると思うものです」というのは、芝居《しばい》の場面を離れてひとり立ちできるだけの力をもった、おもしろい言葉です。めまいがするのは、めまいがしている当人に原因があるわけですが、当人には、自分を取り巻く世界の方が、ぐらぐらと揺れているように感じられます。

自分が間違《まちが》った判断をしているのに、他の人の方が間違っていると思うことがあるものです。自分では「常識」と思いこんでいる、ある種の固定観念にとらわれていると、思いもよらない過《あやま》ちを犯すことがあります。自分が揺れているのか、世界が揺れているのか、ちょっと立ち止まって考える余裕が欲しいものです。

利口《りこう》な者ほどだまされやすい

ばかになった利口者ほどひっかかりやすい者はいない。

『恋の骨折り損』第五幕第二場より――

ナヴァール国王ファーディナンドは、三年間学問に励《はげ》むために、女性を近づけてはならぬというお触《ふ》れを出すが、そこへフランスの王女がやってくると、王は王女に恋してしまう。フランス王女がファーディナンドたちをからかい、ばかにするなかで侍女《じじょ》に言うのがこの言葉。

『恋の骨折り損』は、ナヴァール国王ファーディナンドを中心とする男たちを、フランス王女を中心とする女たちが手玉にとるという喜劇です。ファーディナンドは自分の宮廷をプラトンのアカデミーのような学園にしようと、女性を近づけないことに決めるのですが、交渉のためにやってきたフランス王女に恋してしまいます。王の側近も王女の侍女に魅せられます。そんななかで、王女が侍女に「ばかになった利口者ほどひっかかりやすい者はいない」と言うのです。

王女の言葉は一面の真実をついています。現代でも、知性も教養もある人たちが、次々と詐欺《さぎ》の被害者になっているからです。詐欺は犯罪ですから、だます方がもちろん悪いのですが、だまされる方にもすきがあるのかもしれません。

知性や教養があると、かえってだまされやすいということがあるようです。もうけ話の仕組みが理解できないとは思われたくないために、また、自分がだまされるはずがないと思いこんでいるために、詐欺師につけいるすきを与えてしまうのです。詐欺の被害にあわないためには、うまい話には耳を貸さないというのがいちばんなのかもしれません。

Column 1

シェイクスピアと不幸?な結婚

『ロミオとジュリエット』など数多くのロマンティックな恋物語を創作したシェイクスピアですが、本人の結婚生活は幸福ではなかったといわれています。

シェイクスピアは十八歳で二十六歳のアン・ハサウェイと、いわゆるできちゃった結婚をします。結婚の翌年長女が、その二年後に男女の双子が生まれますが、前後してシェイクスピアは妻子を置いてロンドンへ引っ越してしまいます。その後も経済的な援助は続けたものの、家族とともに暮らすことは二度とありませんでした。

劇作家として大成功をおさめたシェイクスピアは、亡《な》くなったとき、遺産の分配について事細かな遺言を残していました。でも妻への遺産として書き残されたのは「二番目に上等なベッド」ただそれだけでした。

アン・ハサウェイの生家。現在は観光名所になっている。

第2章◎この世はすべて舞台、男も女もみな役者

王の悲しみ

一般の者たちが味わう無限の心の喜びを、王はいったいどのくらい捨てねばならぬのか！

『ヘンリー五世』第四幕第一場より——

フランス王位継承権を主張するヘンリーを、フランスは拒否。彼の放蕩《ほうとう》時代を軽べつするフランス皇太子は、要求への返答として、テニスボールを送ってよこす。その侮辱《ぶじょく》に激怒したヘンリーは、フランスに対して兵を挙げることを決意。戦い前日のヘンリーの台詞《せりふ》。

フランス皇太子から送られたテニスボールを砲弾に変えて、フランスに上陸したヘンリーの軍隊は快進撃を続けます。ハーフラーの町を陥落《かんらく》させ、明日はいよいよアジンコートでの決戦という夜、ヘンリーは身分を隠《かく》して、野営の兵士たちを視察し、彼らと語り合います。

ヘンリーは「戦争の目的は正義であって、名誉に恥じないものだ」と話しますが、兵士たちは「ここにいる者たちがろくな死にかたをしないならば、そうさせた国王には、じつに大きな罪がある」と言って国王の戦争責任を指摘します。

冒頭の台詞は、兵士たちと別れた後、ヘンリーが国王としての責任感に押しつぶされそうになりながら、必死にその孤独《こどく》に耐《た》えようとする場面のものです。「日の出から日没まであくせく働いていても、おなかいっぱいパンを食べた後には、ぐっすり眠れる庶民《しょみん》の方がどんなにいいか、その彼らの幸せを守るため、王こそが彼らに仕えているのだ」と、だれにも理解されない胸の内を明かします。

このときヘンリーは二十八歳。自分が望む、望まないにかかわらず、決められた運命を生きなければならない人間の悲しさに、胸を打たれます。

国を愛すること

今日、私とともに血を流す者は、私の兄弟となるのだ。

『ヘンリー五世』第四幕第三場より――

聖クリスピアンの日、ついに決戦の時を迎える。フランス軍はヘンリーの軍隊の五倍の兵力。その圧倒的な軍勢にしり込みする将校たちに、ヘンリーが言った台詞《せりふ》。結果はイギリス軍の奇跡的な勝利となり、両国の和平が実現する。ヘンリーのフランス王位継承権も認められ、彼は王女キャサリンと結婚する。

兵力では完全な優位に立ち、勝利を疑わないフランス軍に対して、ヘンリーの軍隊は勇敢に立ち向かいます。今日、国王とともに戦い血を流せば、国王と兄弟になれるというのですから、兵士たちの士気も高まります。フランス軍の戦死者一万五千人以上に対し、イギリス軍の死者はわずか二十五人という圧倒的な勝利を収《おさ》めて、ヘンリーはイギリスに凱旋《がいせん》します。その後、再びフランスに渡ったヘンリーは、要求通りフランスの王位継承権も領土も獲得し、さらに王女キャサリンへの求婚も成功して、明るい幸せな場面で幕となります。

国王としての大いなる孤独《こどく》も、妻を得ることで少しは軽減されたのかもしれませんが、史実としては、その七年後、在位わずか九年でヘンリー五世は病死しています。享年《きょうねん》三十五歳でした。やっとの思いで手に入れたフランスの領土も、息子のヘンリー六世の時代にすべてを失い、まさに栄枯盛衰《えいこせいすい》。栄華《えいが》は長く続かないのが世の定めなのでしょう。

愛国心をかきたてる作品の内容が、戦意高揚に役立つと考えられてか、一九四五年に、ローレンス・オリヴィエ監督・主演により映画化されています。

あてにならない人の心

ブルータス、お前もか。

『ジュリアス・シーザー』第三幕第一場より――

ポンペイとの戦いに勝ち、ローマに凱旋《がいせん》したシーザーを待っていたのは、勝利を喜ぶローマ市民と、彼の暗殺を企《くわだ》てる陰謀《いんぼう》者たちだった。元老院《げんろういん》に出向いたシーザーは、彼の出世を快く思わないキャシャスたちに次々と刺され、ついには腹心の部下ブルータスの剣に倒れる。そのシーザー最後の言葉。

「三月十五日にはご用心を」という占い師の言葉が現実となり、シーザーは暗殺されてしまいます。その後、彼の遺体はローマの広場に運ばれ、ブルータスによって暗殺の理由が述べられます。「シーザーを愛していなかったわけではなく、ローマ市民のすべてが自由民として生きられるようにとの思いからだった」という言葉に、市民からは「ブルータス万歳《ばんざい》」の声が上がります。

ついで追悼《ついとう》の演台に立った実力者アントニーは、ブルータスたちの行為をとがめることなく、シーザーには野心などみじんもなかったこと、また彼がいかにローマ市民を愛していたかを、彼の遺言状を示しながら明らかにします。そこには、彼の財産の多くが市民のために贈られると書いてあったのです。民衆は手のひらを返すように、「ブルータスこそ反逆者」と叫びながら決起します。

感情に訴える演説が民衆の気持ちをゆさぶり、政治の流れを変えていく例は、今でもよく観察されます。その強いエネルギーによって一時の成果をみるかもしれませんが、後になってみれば、それこそが失政の始まりだったということも。政治における民意ほど、注意が必要なものはありません。

殺し合いの正義とは

大自然も立って、「これこそは人間！」と、全世界に向かって叫ばんばかりのものであった。

『ジュリアス・シーザー』第五幕第五場より――

ローマから逃げ出したブルータスたちは、シーザーの亡霊《ぼうれい》に導かれるようにしてフィリパイの平原に行き、アントニーとの戦いに臨《のぞ》む。やがて敗北をさとったブルータスは自害。アントニーは彼の高潔な人格をたたえ、その死を悼《いた》む。その時の台詞《せりふ》。

アントニーの巧みな演説により、暴徒と化した民衆は、ブルータスたちをローマから追い出します。アントニーは、自ら手を下すことなく、彼らを死に追いやることに成功するのです。ブルータスの遺体を前にして、彼の生涯が国家や国民の幸せを願う思いやりにあふれたものだったこと、また、彼は気高く、あらゆる資質が備わった「これこそは人間」と呼べるような男だったと、アントニーはたたえます。死んでしまった人間を持ち上げても仕方のないことですが、同じ時代を生きたものどうしとしての、最後のはなむけの言葉だったのでしょう。

しかし、ブルータスが正義のためにシーザーを殺したのなら、アントニーの正義とはなんだったのか。殺し合いのむなしさだけが残ります。

この後、アントニーはエジプトの女王クレオパトラと出会い、話は『アントニーとクレオパトラ』に続きます。

『ジュリアス・シーザー』の初演は一五九九年、ロンドンのグローブ座でした。こけら落としに上演されたとの説もあります。日本では坪内逍遥《つぼうちしょうよう》訳により、一九一三年、帝国劇場で上演されています。

恋は盲目《もうもく》

恋は目ではなく心で見るから、あの翼《つばさ》をもったキューピッドは盲《めしい》の姿で描かれているのね。

『夏の夜の夢』第一幕第一場より——

父親が結婚相手と決めたディミートリアスを好きになれないハーミアは、相思相愛のライサンダーと駆け落ちすることに決め、友人のヘレナにそのことを打ち明ける。ハーミアたちの恋をうらやみ、自分の実らぬ恋を嘆《なげ》くヘレナの台詞《せりふ》。

ハーミアの父親がすすめるディミートリアスは、もとはヘレナの恋人でした。その彼がハーミアに心変わりし、ヘレナを邪魔者《じゃま》扱いするようになっても、彼女はまだディミートリアスを愛しています。ヘレナからハーミアの駆け落ちのことを聞いたディミートリアスは、アテネの町を出た二人を追って森の中へ。その彼を追ってヘレナも森に行き、二組の男女と森の妖精《ようせい》たちとの恋騒動《こいそうどう》が始まります。

ヘレナを哀れに思った森の妖精の王は、ディミートリアスがヘレナを好きになるように、花の汁を彼の目に塗るよう妖精のパックに命じますが、間違《まちが》ってライサンダーにも塗ってしまったため、二人の男たちのヘレナをめぐる争奪戦が始まります。ヘレナとハーミアも大げんか。最後は王がみんなを眠らせ、花の汁のまじないを解いて、この騒動のすべてが一場の夢だったと思わせます。

キューピッドは、絵画などでは目隠《めかく》しをされ、手に弓を持つ子どもとして描かれています。子どもが武器をもち、目が見えず、しかも翼までつけているとなったら、これほど危険なものはありません。分別ある恋をするためには、しっかり目を開けて、決して事を急がないのが肝心《かんじん》です。

恋は狂気

狂人と恋人と詩人は想像力のかたまりみたいなものだ

『夏の夜の夢』第五幕第一場より――

結婚式を間近に控えた公爵《こうしゃく》が、狩りをするため森にやって来て、眠っている二組の恋人たちを見つける。妖《よう》精《せい》の魔法が解けた恋人たちは、お互いの相手の愛を取り戻し、結婚式をあげるためにアテネの町へ帰って行く。恋人たちの夢の話を聞き、公爵が語る台詞《せりふ》。

森の中ではもう一つの騒動《そうどう》がありました。妖精の王と女王はけんかの真っ最中。王は、目が覚めて最初に見たものに恋をしてしまう花の汁を、女王の目に塗ってやろうとたくらんでいます。一方、アテネの公爵の結婚披露宴《ひろうえん》で芝居《しばい》をすることになっている町の職人たちは、森の中でのけいこに余念がありません。

ところが妖精パックのいたずらで、職人の一人がロバの頭にされてしまい、目覚めた女王が最初に見たものがこのロバ頭の男だったから、さあ大変。おかしな恋騒動が始まります。その様子を見た王はさすがに女王をあわれに思い、花の汁のまじないを解き、二人は仲直り。公爵の披露宴では職人たちの芝居が無事に行われ、にぎやかなお祭り気分で幕となります。

昔から、「恋するものはみな詩人」といわれます。恋心の表現には、だらだらと書き連ねられた文章よりも、想像力たくましく、日常を離れた言葉づかいの方が向いているのでしょう。正気を失った人は現実を離れ、想像の世界に生きているのですから、その力は相当なもの。しかし、芸術を産み出すのは、この狂気と紙一重《ひとえ》の想像力だというのも事実です。

鳥たちのように

羽がそろえば、親鳥のところを出てゆくのが自然至極《しごく》だな。

『ヴェニスの商人』第三幕第一場より——

ユダヤ人の高利貸しシャイロックには、美しくて気立てのいいジェシカという娘がいた。その娘がキリスト教徒の若者ロレンゾーと恋に落ち、父親の金や宝石を持ち出して駆け落ちをしたと知ったとき、ロレンゾーの友人が言った言葉。

同じユダヤ人の血を分けた自分の娘が、こともあろうに対立するキリスト教徒の男と駆け落ちするなど、シャイロックにはがまんのならないことでした。ユダヤ民族を見下し、苦労してもうけた金にもけちをつけ、「汚い高利貸し、犬」と呼ぶそんなキリスト教徒の男に娘が恋をし、金銀宝石を持ち出し、さらにはキリスト教に改宗するとまでいうのですから。手塩にかけて育てた娘にこれほどまでに裏切られては、あわれというほかありません。

娘も年頃になれば、親の言いなりにはなりません。いつかは親元を離れていくのです。シャイロックの例は極端ですが、多かれ少なかれ似たような思いで、親は子どもの巣立ちを見送るものです。

しかし、近頃は羽がそろっていても親元を出ていかない子どもたちや、羽がそろってもいないのに飛び出して傷つく子どもたちが大勢います。心の中の羽までは、だれも見ることができません。

自然界の鳥たちのように、しかるべきときがきたらすっと飛び立ち、それを静かに見送れたら理想の子育てといえるのではないでしょうか。

人生は予測不能

この証文には血は一滴《いってき》たりとも与えるとは書いてない。

『ヴェニスの商人』第四幕第一場より——

親友バサーニオーのために、自分のからだの肉一ポンドを抵当に入れ、ユダヤ人の高利貸しシャイロックから金を借りたアントーニオーが、返済不可能となり裁判にかけられるシーン。裁判官の機知に富む裁きでアントーニオーの命は救われる。この裁判官こそは、バサーニオーの妻ポーシアが変装したものだった。

この裁判のシーンでは、手に汗握る、ハラハラドキドキの言葉の応酬《おうしゅう》が続きます。日頃アントーニオーに敵意を抱《いだ》いていたシャイロックにとっては、恨みを晴らすまたとないチャンス到来。ナイフをとぎ、はかりを用意し、後はアントーニオーの胸にナイフを入れるばかりとなったその時、肉は取っても血を流してはならぬとの裁判官の言葉です。

登場人物も観客も、そして読者も拍手かっさいの場面です。この後「それを切り取るに当たって、キリスト教徒の血を一滴たりとも流すにおいては、お前の土地、財産はヴェニスの法律によって、ヴェニスの国家へ没収するぞ」と続き、シャイロックにとっては、まさにふんだりけったりの判決です。当時のユダヤ人の地位の低さや、キリスト教徒優位の社会がみてとれます。

自分のからだの肉を借金の形《かた》にいれるなど、現実にはありえない話ですが、アントーニオーには、十分返済は可能という目算《もくさん》があってのこと。しかし、物事は予定通りに行かないこともあるのです。軽い気持ちで証文にサインをすることは、慎《つつし》まなければなりません。

超あらすじ②　代表的な喜劇

ヴェニスの商人

ヴェニスの商人アントーニオーは、友人バサーニオーが富豪の女相続人であるポーシアへ求婚するのに必要な資金を融通《ゆうずう》するため、みずからの肉一ポンドを担保として、ユダヤ人の金貸しシャイロックから借金する。アントーニオーの全財産は海上にあり、船の到着後に借金を返済する予定だったが、その船が沈んでしまったため返済不能となり、肉を差し出さなければならない羽目《はめ》に陥《おちい》った。絶体絶命のアントーニオー。しかしポーシアが機転を利《き》かせ、裁判官に変装して法廷に登場。「アントーニオーは約束通り肉一ポンドを差し出すこと。ただしその際血は一滴《いってき》たりとも流してはならぬ」という判決を下《くだ》してアントーニオーを救う。

夏の夜の夢

ハーミアとライサンダーは愛し合っていたが、ハーミアの父親は彼女をディミートリアスと結婚させたがっている。一方、ハーミアの幼なじみヘレナはディミートリアスに片想いしていた。駆け落ちしようと森へ入るハーミアとライサンダー、それを追うディミートリアスとヘレナ。森に住む妖精《ようせい》たちが恋の花を使ってヘレナの恋を成就《じょうじゅ》させようとするが、人違いにより一騒動《ひとそうどう》。しかし最後はハーミアとライサンダー、ヘレナとディミートリアス二組のカップルが成立して大団円となる。

から騒ぎ

ドン・ペドロの凱旋《がいせん》パーティーで、クローディオはレオナートの娘ヒーローに恋をする。内気なため告白できない彼のために、仮面舞踏会でドン・ペドロが身代わり告白を行い大成功、クローディオはヒーローと婚約する。しかし、ヒーローが浮気をしているという嘘《うそ》のうわさを信じたクローディオは、結婚をとりやめることに。レオナートは、破談のショックで娘が死んだと発表する。

やがて浮気のうわさが嘘だったと知ったクローディオは大いに後悔するが、レオナートは彼にその罪滅ぼしのため、ヒーローにそっくりのいとこと結婚することを提案。結婚式当日、クローディオが花嫁の仮面をとると、そこにはヒーローがいた。

主役を生きる

この世はすべて舞台、男も女もみな役者にすぎぬ。

『お気に召すまま』第二幕第七場より――

兄のオリヴァーが自分を殺そうとしていると知らされたオーランドは、老僕アダムとともに逃げ出し、アーデンの森に入る。そこには宮廷を追放された前公爵《こうしゃく》とその家臣がいて、オーランドたちを温かく迎える。前公爵の「世界という大きな舞台」という言葉を受け、家臣の一人ジェイクイーズが語る……。

弟によって宮廷を追われた前公爵ですが、身の不運を嘆《なげ》きつつも、忠実な家臣たちとの森の生活を楽しんでいました。疲れ果ててアーデンの森にたどりついたオーランドとアダムは、食べ物を奪おうとして、逆に前公爵に歓待されます。

オーランドのあわれな姿を見て、前公爵は「不幸なのはわれわればかりではない。この世界という大きな舞台では、われわれが演じている場面よりももっと悲惨なことが演じられているのだ」と語ります。これを受けて冒頭のジェイクィーズの言葉が続きます。この二人の印象的な台詞《せりふ》の中にシェイクスピアの人生観や思想がみてとれます。

人はだれも「自分」という名の舞台の主役を演じて生きています。いくつの幕、いくつの場があるのかは自分自身にもわかりません。しかし、どういう演目であれ、自分が端役《はやく》になることはないのです。代役を立てることもできません。それが拍手かっさいの舞台になるのか、悪評に満ちたものになるのかは、幕が下りたときにしかわからないのです。願わくば、たくさんの観客に「見てよかった」と言ってもらえるような舞台にしたいものです。

人は変わるもの

求婚するとき男は四月、結婚すれば十二月。娘時代の娘は五月、妻ともなれば天気も変わる。

『お気に召すまま』第四幕第一場より――

宮廷から追放されたロザリンドは、身の安全のため男装し、偶然《ぐうぜん》、愛するオーランドのいる森にやって来る。オーランドは彼女だとは気づかない。ロザリンドはオーランドの恋の病を治すためにと、彼に求婚の仕方を教え、想像の世界で遊ぶ。その彼女の台詞《せりふ》。

オーランドの自分に対する熱い思いを知った男装のロザリンドは、彼の恋の病を治すために、「私をあなたのロザリンドだと思って口説《くど》いて」と迫ります。いくら男装しているとはいえ、それが当人だとわからないのも変ですが、女性が男装していることにだれも気づかないという設定は、シェイクスピアの作品にはよくみられます。『ヴェニスの商人』の名裁判官ポーシアもその一人です。シェイクスピアの時代、すべての役は男性によって演じられたため、このロザリンドというキャラクターは、男性が女性になり、それが男装するという屈折した役どころとなっています。

冬が長く、日照の少ない英国の人々にとって、四月、五月は待ちに待った開花の季節。しかしその暖かい春のような男も、結婚すれば寒く冷たい十二月とか。日本流にいえば、「釣《つ》った魚にえさはやらない」というところでしょうか。女だっていつまでも春とはいきません。雪も降れば嵐にもなります。

結婚までのバラ色の日々が、突如として人生の墓場になるという感覚は、どこの国でも同じと見受けられます。

恋の真髄《しんずい》

恋とはため息と涙でできているもの。

『お気に召すまま』第五幕第二場より——

オーランドが、森の中でライオンに襲《おそ》われた兄オリヴァーを助けたことで、二人は和解する。兄は森で出会った女性との結婚を即決するが、オーランドは成就《じょうじゅ》しない自分の恋を思って悲嘆《ひたん》にくれる。そんな彼に男装のロザリンドは、「僕の魔術で明日、ロザリンドさんと結婚させてあげる」と約束する。

アーデンの森の中では、羊飼いたちの恋物語も進行しています。羊飼いフィービーに片想いをしている、同じく羊飼いのシルヴィアスが語る台詞《せりふ》は軽妙で、恋の気持ちをよく表しています。冒頭の台詞もその一つですが、この後「恋とは誠意と奉仕の心でできているもの、恋とは激しい情熱と切ない願望でできているもの、恋とは忍耐と焦燥《しょうそう》でできているもの」などと続き、その的《まと》を射《い》た言い回しに、オーランドと、男装のロザリンドの気持ちも高まります。

最後にはもとの姿にもどったロザリンドとオーランド、兄のオリヴァーや羊飼いたちもそれぞれの相手と結婚し、めでたしめでたし。「この芝居《しばい》をお気に召すままにかわいがってください」というロザリンドの言葉で幕が引かれます。

恋する気持ちは何千、何万の言葉をもってしても語りつくせるものではありませんが、人間であるかぎり、だれもが理解できる感情です。時代や国、身分は問いません。

涙やため息が必ず恋の小道具として使われるわけではありません。けれども、できることなら、嘆《なげ》きのための涙やため息にはしたくないものです。

恋は喜劇

恋は幻《まぼろし》なのか、捕《と》らえようとしても姿はなく、追えば消え去り、逃げれば追いかけてくる。

『ウインザーの陽気な女房たち』第二幕第二場より――

お金もないのに伊達男《だておとこ》を気取るフォルスタッフは、フォード夫人とページ夫人に惚《ほ》れられているとかんちがいし、同じ文面のラブレターを両夫人に送る。怒った夫人たちは、力を合わせて彼に仕返しをたくらむ。一方、フォード氏は妻の浮気を疑い、フォルスタッフを利用して真偽《しんぎ》のほどを確かめようとする。

自分の妻が信じられないフォード氏はブルックと名前を変え、妻の本心をさぐるため、フォルスタッフにフォード夫人を口説《くど》いて欲しいと頼みます。もし、妻がフォルスタッフの口説き文句に乗るようならば、妻の浮気は確定だと考えてのことです。

まさかブルックがフォード氏とは知らないフォルスタッフは、意気揚々《いきようよう》とフォード夫人を訪ねますが、夫のフォード氏が浮気現場に乗り込んで来るとの情報が入ると、両夫人の計略どおり洗濯物かごの中に入り、テムズ川に投げ込まれてしまいます。これに懲《こ》りないフォルスタッフは次の日もフォード夫人の家に上がりこみ、またもや帰宅したフォード氏に袋だたきにされて逃げ帰ります。ドタバタ喜劇ですが、ウインザーの町に住む人々の生活が生き生きと描かれています。

フォルスタッフは『ヘンリー四世』に出てくる騎士《きし》で、エリザベス女王の「彼の恋物語が見たい」というリクエストに応じて書かれた芝居《しばい》だと言われていますが、こんな下世話な恋物語を女王は楽しんだのでしょうか。それにしても洋の東西、時代を問わず、女は強し、の感を新たにします。

恋は運命

避《さ》けられないことは喜んで迎えなければいけない。

『ウインザーの陽気な女房たち』第五幕第五場より――

ページ夫妻の娘アンにはフェントンという恋人がいたが、夫妻はその結婚に反対だった。しかし、フォルスタッフを懲《こ》らしめるため、森の中でみんなが一芝居《ひとしばい》打っている間に、アンとフェントンはひそかに結婚式をあげてしまう。結局、最後には娘の結婚を認めることになったページ氏の台詞《せりふ》。

両夫人たちから事の一切《いっさい》を聞いたフォード氏は、妻を疑ったことを詫《わ》び、夫婦仲は修復。今度はみんなでフォルスタッフをとっちめようと計画します。何も知らずに夜の森に呼び出されたフォルスタッフは、妖精《ようせい》や怪物に化けた子ども、町の人たちにさんざんな目にあわされます。この騒《さわ》ぎの中、アンを連れ出したフェントンはひそかに結婚式をあげ、ページ夫妻にその許しを願い出ます。それを見ていたフォード氏は「恋愛は神様のお導《みちび》き。土地は金で買えるが、妻は運が売ってくれるもの」とページ氏に言い聞かせ、夫妻は二人の結婚を承諾《しょうだく》します。最後はページ夫人が「みんなで家に帰り、今夜のことを笑い合いましょう」とフォルスタッフも誘い、めでたしめでたしで幕となります。

世の中には自分の努力だけでは解決できない運命があります。思い通りにならない結婚や就職、不慮《ふりょ》の事故や愛する人たちとの別れなど。でもその運命を呪《のろ》うのではなく、進んで受け入れることが新たな出発の第一歩となることでしょう。

それにしても、運が売ってくれた伴侶《はんりょ》ならば返品もできず、「避けられない」運命として喜んで連《つ》れ添《そ》わなければならないのならば、それもあわれです。

詩は永遠に

人間が息をし、目がものを見る限り、この詩は生き、君に命を与え続けるのだ。

『ソネット集』第十八番より――

ソネットとは十四行詩のこと。この「ソネット集」は一五四編からなる愛の詩集である。登場する人物は、「私」、「美青年」、「黒い貴婦人」、ライバルとなる「詩人」の四人。シェイクスピア自身と思われる「私」が恋するのは、女性ではなく美しい青年。この青年がだれであるのかは今も謎《なぞ》のまま……。

『ソネット集』第十八番は「君を夏の日にたとえようか」で始まります。夏が短い英国では、夏は暑くぎらぎらしたものではなく、四月、五月のつぼみの時期を経た、花が咲き誇る季節、最も美しくはあるものの短くはかない季節です。「あらゆる美しいものも、やがては偶然《ぐうぜん》か、自然の摂理《せつり》によって衰《おとろ》えるもの」と、恋人の美貌《びぼう》も「時」には勝てないことを知りつつ、「でも、君の永遠の夏は色あせることなく、その美しさもなくなることはない」と言い切ります。なぜなら、その美しさは「私」がつくる詩の中で生き続け、命を与えられるからだと。

これほどまでにその美貌をたたえられた相手とは、いったいどういう青年だったのか。だれしも気になるところですが、あえて人物を特定しないことで、読む者が自分のイマジネーションをさまたげられることなく、「私」と感情を重ね合わせることができるのでしょう。現代のように写真やビデオがなかった時代の方が、詩や絵画の中にその姿をより鮮明に記録し、何百年の時を経ても色あせることがないのです。

文明の進歩とは何だったのかと、思い知らされます。

愛の羅針盤《らしんばん》

愛は嵐の中にあっても微動《びどう》だにせず船を見守る灯台なのだ。

『ソネット集』第一一六番より——

美青年にむけた愛の言葉と思われる。この後、「愛はさまよう小舟の北斗星」と続く。何が起こっても青年への愛は変わらないと「私」は誓《ちか》い続けるが、彼を誘惑する「黒い貴婦人」や才能あるライバル詩人の出現により、彼はしだいに「私」から離れていく。

「相手が心変わりをすれば自分の心も変わるような、そんなものは断じて愛ではない。愛というのは、嵐の中にあってもけっして動かない灯台のようなもの、どんな時も船を見守る灯台だ、そして、さまよう小舟がつねに道しるべとする北斗星なのだ」と、「私」は美しい青年への不動の愛を誓い、最後の審判の日まで、どんな苦難にも耐え抜《たぬ》く決意を語ります。

しかし若さゆえか、青年は「私」の愛人の「黒い貴婦人」の誘惑に負け、三人は複雑な関係に。さらに、「私」がその才能をねたむライバル詩人が青年を奪い、「私」は苦悩のどん底に陥《おちい》ります。離れていった青年は後に「私」のもとへ戻ってきますが、もうあの頃の青年ではありません。一度傷ついた「私」の心も昔には戻らず、ついに青年との別れを決意するのです。

青年の美しい姿が一瞬のうちに滅びゆくものならば、それを愛した「私」の心もまぼろしなのでしょうか。「時」というものがすべてを支配し、あらがう術《すべ》をもたない人間は、なんとあわれな存在なのでしょう。永遠という言葉もむなしく感じられます。

Column 2

本当は猥雑《わいざつ》なロミオとジュリエット

『ロミオとジュリエット』の純愛物語は、今もシェイクスピア好きにかぎらず世界中の人々に愛されています。でもほんとうは、かなり過激な表現もたくさん出てくることを知っていましたか?

そもそもこの物語、二人が出会ってから心中するまでたった一週間足らず、ロミオが十三歳のジュリエットと初めて口をきいてからキスするまでには、わずか十四行しか経過していません。とんでもないジェットコースター恋愛です。

ジュリエットの乳母《うば》は下品な冗談が大好き。ジュリエットの縁談がまとまると、「二歳のとき転んで泣いていたジュリエットに『うつぶせに転んだのかい? お年頃になったら仰向《あおむ》けに転びなさいよ』と言ったら泣きやんで『うん』と答えたんですよ。いよいよその冗談がほんとうになるんですね」など、会話の随所《ずいしょ》に下ネタをはさんできます。

ロミオとジュリエットの甘く切ない恋だけでなく、随所にちょっぴり下品な冗談がちりばめられているからこそ、作品に奥行きが出て、よりおもしろくなっているとも言えるでしょう。

第3章◎生きるか、死ぬか、それが問題だ

父を裏切った母の心の弱さを嘆《なげ》く

弱き者、そなたの名は女なり。

『ハムレット』第一幕第二場より――

父を亡《な》くして深い悲しみの底に沈むハムレットに対して、夫が亡くなって間もないというのにその弟と結婚して幸せそうな母は、過去は捨てて新たな父と親しむよう、言い聞かせる。ハムレットは母の不実を嘆き、嫌悪《けんお》感を抱く。

この部分だけを読むと、女性が身体的に弱い、あるいは気が弱いといったいわゆる「か弱い」という意味にとられがちで、実際そのような文脈で引用されることもあるようです。しかし、この台詞《せりふ》は女性の身体的な弱さを評したものではなく、ハムレットが母親の心変わりを嘆き、その意志の弱さ、心の弱さを責めるものなのです。

ハムレットの母親は、生前の夫の愛を一身に浴びて幸せな生活を送っていたにもかかわらず、夫の死後すぐに、その弟であるクローディアスと結婚します。この事実は、父の死を悲しむハムレットにとって耐《た》え難《がた》いものでした。母親の不貞《ふてい》を目の当たりにしたハムレットは、母親のみならず、女性全般に対して強い不信感を抱《いだ》くようになります。

彼は無意識のうちに、自分の母親の心だけが弱いとは思いたくなくて、女性全般を「弱き者」と決めつけてしまったのかもしれません。「女心と秋の空」という言葉もありますが、女性の心にかぎらず男性の心もまた変わりやすい。そう考えると、人間とはそもそも「弱き者」なのかもしれません。

よい人間関係には距離感が大切

人になじむのはいいが、礼儀知らずにはなるな。

『ハムレット』第一幕第三場より――

デンマーク国王クローディアスの顧問官《こもん》であるポローニアスが、フランスへ向かう前に妹のオフィーリアと別れのあいさつをしている息子のレアーティーズに向かって、人生の心得《こころえ》を語る。

この台詞《せりふ》の話者であるポローニアスは、ハムレットの叔父《おじ》であるデンマーク現国王の顧問官であり、ハムレットが心を寄せる女性オフィーリアの父親でもある人物。おせっかいなうえにおしゃべりな男で、本筋《ほんすじ》をそれて延々としゃべり続けることが多くあります。

オフィーリアの兄レアーティーズがフランスへ向かう直前、オフィーリアと話しているところを通りかかったポローニアスが、「二つ三つ言っておくことがある」と言いながら、三十行近くも一人で人生の心得について話し続けたなかの一節です。ストーリー的にはまったく不要な部分ですが、ポローニアスのおしゃべりには、現代にも通じる教訓が数多く含まれています。

引用部分は、「親しき仲にも礼儀あり」に通じる内容となっています。家族や友人など親しい間柄になるとつい油断して、相手の心を思いはからず、自分の気持ちだけを優先してふるまってしまいがちです。しかし、そうした態度が知らず知らずのうちに相手を傷つけたり、相手の迷惑になったりすることがあります。親しいからこそ、常に相手の立場や気持ちを考えて行動することが大切です。

人に嘘《うそ》をつかないためにはまず自分から

何よりもまず、自分に嘘をついてはいけない。

『ハムレット』第一幕第三場より――

クローディアスの顧問官《こもん》ポローニアスが、フランスへ向かおうとする息子レアーティーズに向けて人生訓を語る場面で、三十行近くにわたる長台詞《ながぜりふ》のまとめとして述べた言葉。

「人になじむのはいいが、礼儀知らずにはなるな」と同じ場面で語られる言葉です。ポローニアスは、さまざまな人生訓を一人で立て続けに語っています。「人は見た目で判断されるから、できるだけ衣服に金をかけるように」「金の貸し借りはするな」など具体的な処世訓《しょせいくん》の後、引用部分「何よりもまず、……」の台詞を言うのです。この後には、「そうすれば、夜の後に昼がくるかのように自然と、他人を裏切ることなくいられる」と続きます。

自分に嘘をつかない。これは、簡単なようで意外と難しいものです。「ほんとうはこうすべきだ」と頭のどこかではわかっていることがあっても、それを実行するためにかなりの精神的、肉体的労力を必要とする場合、「忙しいから」「状況が悪いから」「周囲がなんと言うかわからないから」などと理屈をつけて、初めからあきらめてしまうことはありませんか。

ついつい楽な方へと流れてしまうのが人間の常ではありますが、大切な局面では自分に言いわけをせず、しっかり考えることが大切です。自分の心と真摯《しんし》に向き合うことができれば、他人との信頼関係も自然に築いていけるでしょう。

父を裏切った叔父《おじ》への怒りと憎しみ

人は微笑《ほほえ》んで、微笑んで、なお悪党でいられる。

『ハムレット』第一幕第五場より——

ある夜、亡《な》き父が亡霊《ぼうれい》となってハムレットのもとを訪れる。亡霊は、自分は弟、すなわちハムレットの叔父《おじ》であるクローディアスによって殺されたと告げて、彼への復讐《ふくしゅう》を促《うなが》す。かねてから父の死因に疑いを抱《いだ》いていたハムレットはここで確信を得て、クローディアスに対する復讐を誓《ちか》う。

ハムレットは、父の死後すぐに母を妻とした父の弟クローディアスに対して強い嫌悪《けんお》の念を抱き、父の死因についても、クローディアスが関《かか》わっているのではないかと疑っていました。亡霊の言葉を聞いて疑念は確信に変わり、ハムレットはクローディアスに対する復讐を誓います。

ハムレットが悩み、苦しんだのは、父親が殺害されたからだけではありません。夫を亡くして間もない母と結婚して国王の座に居座り、自分に対しても善《よ》き父親の顔で接しようとするクローディアスを、ハムレットは許せなかったのです。

現代でも、殺人事件が起きた際に容疑者の知人が「いつも笑顔で穏《おだ》やかないい人だったのに、まさかこんなことに……」と、とまどう様子がニュースなどでよく報じられます。

罪を犯したら、ふつうの人間ならば罪悪感にとらわれ、苦しみます。いわゆる悪人面をした悪人というのは、実はあまりいないのかもしれません。真の悪党こそが、悪事を犯しながらも良心に痛みを感じることなく、微笑んでいられるのかもしれません。

生きるも地獄、死ぬのも地獄？

生きるか、死ぬか、それが問題だ。

『ハムレット』第三幕第一場より――

叔父《おじ》クローディアスへの復讐《ふくしゅう》を誓《ちか》ったハムレットは、気が違《ちが》ったふりをして、その機会をうかがっている。彼の乱心の原因をさぐろうと隠《かく》れて様子を見ているクローディアスと顧問《こもん》官ポローニアスの前で、ハムレットは生きることのつらさについて独白《どくはく》する。

シェイクスピアのすべての作品中で最も有名ともいえるこの台詞《せりふ》、原文は「To be, or not to be: that is the question: で、beという語がさまざまに解釈可能であることから、日本語訳は発表されているものだけでも四十以上にのぼります。ただし、直後に「辛い運命を堪《た》え忍《しの》ぶか、戦って死ぬか」という台詞があることから、「生きるか死ぬか」と解釈するのが主流となっています。

人生を生きるのは、ときにつらく苦しいものです。ハムレットの場合、叔父による父の殺害、母の不貞《ふてい》、そして恋いこがれた女性オフィーリアからの拒絶という事実が重なり、そのつらさは耐《た》え難《がた》いものとなりました。

ここまで重ならなくとも、だれの人生にも、「生きるのは大変だ、いっそ眠りについたまま目が覚めなかったら楽になれるのに」と思うときが、一度や二度は訪れるものではないでしょうか。

ハムレットはここでは、黄泉《よみ》の国の想像不能な苦しみを思い、今の苦しみに耐える方がましだという結論を出します。どのように考えるにせよ、死ねば何も残りません。生きるのも死ぬのもつらいのならば、生きてこその人生です。

言葉よりも行動

言葉では借りを返したことにはならない、行動しなさい。

『トロイラスとクレシダ』第三幕第二場より――

トロイラスはクレシダに恋いこがれ、クレシダの叔父《おじ》パンダラスに取り持ちを頼むが、クレシダが会おうとせず、なかなか実現しなかった。ついに会うことができたとき、何を言ったらよいのかわからなくなっているトロイラスに対し、パンダラスは言葉より行動をと促《うなが》す。

クレシダに恋いこがれたトロイラスを、クレシダは拒《こば》み続けてきました。しかしクレシダが拒んだのは、なかなか手に入らない女こそ価値が高いという信念をもっていたためであり、クレシダ自身も実は、初めてトロイラスに会ったときから強く彼に引きつけられていたのです。

数か月の後、クレシダの叔父パンダラスのはからいで、ついに二人は出会います。この頃までに二人の気持ちは最高潮に達しており、会ってすぐにキスをしました。感極《かんきわ》まったトロイラスはクレシダに、「あなたの唇《くちびる》が私の言葉を全部取り上げてしまった」と語ります。パンダラスは、言葉ではなく行動しなさいと促《うなが》します。二人はそのまま初めての二人きりの夜を過ごすのでした。

ここに引用した台詞《せりふ》は、恋する者たちの背中を押すものですが、恋愛にかぎらず、言葉よりも行動がものをいう場面はたくさんあります。言葉であれこれ言う人よりも、黙って行動で示す人の方が信頼されるものです。たとえば人の信頼を勝ち取りたいとき、たとえば悪いことをして汚名《おめい》を返上したいとき、言葉で説明する前に行動で示してみてはいかがでしょうか。

転ばぬ先の杖《つえ》

最悪を恐れていれば、今より悪いことは避《さ》けられるものよ。

『トロイラスとクレシダ』第三幕第二場より――
トロイラスとの初めての夜を迎えることになったクレシダが、大いなる愛の喜びのなかで、二人の愛に対する不安を漏《も》らす。それは、さらに悪いことが起きるのを避けるためだった。

一直線にクレシダを愛し、求めるトロイラスとは対照的に、クレシダはやや慎重な恋愛観を抱《いだ》いています。

トロイラスは、あんまり不安がってばかりいると正しい判断ができなくなるから、むやみと不安がらないようにと言います。でもクレシダは、いま盛り上がっている恋愛感情にただ酔いしれるのではなく、先行きに不安をもって慎重に行動してこそ、悪い事態に陥《おちい》ることを避けられると考えているのです。こうしたクレシダの考え方は、後ろ向きなようでいて実は現実的であるといえます。

恋愛にかぎらず、ものごとがうまくいっているときには、いつまでもその状態が続くと考えたくなるものです。しかし調子に乗りすぎると、手痛いしっぺ返しを受けることがあるのもまた事実。

いたずらに不安がって現在の幸せに影を落とす必要はありません。しかし、自分に都合のいい展開だけを考えるのではなく、客観的に最悪の事態をも見すえておくことで、道を誤《あやま》ることなくよい状態を続けられるというメリットはあるといえるでしょう。

恋する人は愚《おろ》かなもの？

賢《かしこ》くあると同時に愛するということは、人の力を超《こ》えています。

『トロイラスとクレシダ』第三幕第二場より――

クレシダは、恋においては追われる側が勝者であり、追うべきものではないという主義の持ち主だった。しかしトロイラスとの初めての夜、愛する気持ちがあふれてきて、止めることができない。

トロイラスに対する愛を認めることにためらいのあったクレシダですが、面と向かって話し、キスをしていくうちに、自分の気持ちを抑《おさ》えることができなくなり、とめどなくトロイラスへの愛を語り続けます。

女性は追われてこそ華《はな》、と考えていたクレシダは、ここまで愛していることがトロイラスにわかってしまうと、逆に彼が離れていってしまうのではないかと危《あや》ぶみ、言葉を抑えようとしますが、抑えることができません。そして理性を保てぬ自分を評した言葉が引用部分の台詞《せりふ》です。恋愛をしながら同時に理性を保つというのは人間業《わざ》ではなく、それができるのは神だけだというわけです。

実際、人は恋に落ちると理性を失い、端《はた》から見たら恥ずかしくなるようなふるまいをしてしまいがちです。

しかしこのように理性を失った立場にいられるという状況も、人生でそう何度もない貴重なもの。いつでもクールに客観的に自分を見ていたら、恋を語ることなどなかなかできません。変に理性的であろうとするよりも、恋におぼれて愚かなふるまいをしてしまった方が、甘く、楽しい生活を送れるものかもしれません。

超あらすじ③　その他の代表作

ロミオとジュリエット

キャピュレット家とモンタギュー家は街を代表する名家だが、対立していた。ある日、キャピュレット家で行われたパーティーに潜入《せんにゅう》したロミオは、ジュリエットと恋に落ちる。ふたりは翌日ひそかに教会で結婚するが、その直後、ジュリエットのいとこを殺したロミオは街を追放される。ロミオのもとへ行くために、仮死状態になる薬を使ったジュリエットだったが、ほんとうに死んだと勘違《かんちが》いしたロミオは服毒自殺、目覚めたジュリエットも、剣でのどを突いて自殺する。

ジュリアス・シーザー

戦いに勝利しローマへ凱旋《がいせん》したシーザーは市民の大歓迎を受けるが、占い師に「三月十五日に用心せよ」と忠告され、予言通りの日に元老院《げんろういん》で暗殺されてしまう。とどめを刺したのは、信頼していた部下ブルータスであった。

ブルータスは、シーザーを殺害したのは個人的利害のためではなく、シーザーの圧政を除いて、共和制を守るためだと主張していったんは市民に受け入れられたが、その後、シーザーが圧政など思いもよらず、ひたすら市民のことを考えていたと知った市民の感情は一転し、ブルータスはローマを追われる。アントニーとの戦いに敗北を悟《さと》ったブルータスは自害、アントニーはブルータスの高い志を理解し、その死を悼《いた》む。

十二夜

船が難破《なんぱ》し、ヴァイオラは何とか生き延《の》びたが、双子の兄セバスチャンは行方不明になる。ヴァイオラは当面、自分の身分を隠《かく》し、男装して公爵《こうしゃく》オーシーノに仕えることにした。ヴァイオラはオーシーノを慕《した》うようになったが、オーシーノは伯爵の娘オリヴィアに恋をしていた。さらに、オリヴィアへのオーシーノの想いを伝えるために訪ねた男装のヴァイオラに、オリヴィアは一目ぼれしてしまう。こうして三つ巴《どもえ》の恋が展開されることになる。

ところが、この全員が片想いの恋は、行方不明だったセバスチャンが現れて、一気に解決へと向かう。セバスチャンはオリヴィアと、ヴァイオラはオーシーノと結ばれたのだった。

過ぎてから気づく人生の真実

若さとは、長くは続かぬものだ。

『十二夜』第二幕第三場より――
伯爵《はくしゃく》家の女主人であるオリヴィアの家では、叔父《おじ》のトービーと飲み仲間であるアンドルーが、道化をまじえて毎夜騒《さわ》いでいた。この台詞《せりふ》は、ある夜二人に頼まれて道化が歌った恋の歌の一節。

恋の歌の一節で、「若さは長く続かないのだから、明日のことなど待たずに、今すぐ口づけをしてくれ」という内容です。この歌が歌われた状況は、トービーとアンドルーという男二人が夜中に飲みながら道化に余興《よきょう》を頼む、というロマンティックとはほど遠いものなのですが、道化の歌はただとろけるように甘く、美しいものでした。

実際、若さが長くは続かないというのは、それぞれの年代で多くの人が実感している事実ではないでしょうか。

子どもの頃、一日は長く、夏休みなどは永遠に続くかと思われたものでした。しかし歳をとるにつれて毎日が飛ぶように過ぎ去り、一年が始まったと思ったらあっという間に終わってしまって、がく然とすることもあります。体のあちこちにガタがきて、以前のように無理がきかなくなることもあるでしょう。

しかし、若さとひきかえに、これまでの経験で養《やしな》い育ててきたものも大きいはず。そして今日はあなたにとって人生でいちばん若い日です。人生でいちばん若い自分の生活を大いに楽しみ、喜び合おうではありませんか。

チャンスを逃《のが》さない

運命はあなたに手をのべています。情熱と勇気をもってその手をお取りなさい。

『十二夜』第二幕第五場より――

伯爵《はくしゃく》家の執事《しつじ》マルヴォーリオは、酒を飲んで騒《さわ》ぐトービーとアンドルーを厳しくとがめる。融通《ゆうずう》のきかないマルヴォーリオに腹を立てたトービーは、女主人オリヴィアの侍女《じじょ》マライアと協力して、マルヴォーリオをだましてからかうために、オリヴィアが書いたと装《よそお》った無名のラブレターを届けることにする。

これはオリヴィアが女主人をつとめる伯爵家の執事マルヴォーリオをだまし、からかうために書かれた手紙の一節です。

マルヴォーリオはオリヴィアの家で遊びほうけるオリヴィアの叔父《おじ》トービーと仲間のアンドルーをいとわしく思い、厳しく注意していました。きまじめなだけでなく、うぬぼれ屋で空気の読めないマルヴォーリオに、トービーたちは腹を立てます。そして、オリヴィアの筆跡《ひっせき》をまねて書いたラブレターをマルヴォーリオに届け、勘違《かんちが》いして浮かれるマルヴォーリオをからかおうという計画を立てます。マルヴォーリオはまんまとだまされて、ドタバタ騒《さわ》ぎが始まるのですが、その話はまた別の機会に。

人は人生の大きな転機に向き合うと、どうしても尻込《しりご》みしてしまうものです。新しい可能性を受け取るよりも、慣れた状況にいたほうが楽なもの。しかしそうしていては、いつまでも変化のない、これまでと同じ人生が続いていくだけです。何か大きなチャンスが到来したときには、思い切ってその運命の招《まね》きに応じてみるのが、大きく羽ばたくための秘けつではないでしょうか。

愛と信頼は別物？

すべての人を愛し、少しの人を信じ、だれにも不当なことをしないように。

『終わりよければすべてよし』第一幕第一場より――

伯爵《はくしゃく》夫人が、息子のバートラムに向けて言った言葉。伯爵の死によりバートラムがその地位を継《つ》いだが、その後まもなくして、フランス国王に仕《つか》えるために家を出る。伯爵夫人は息子との別れを悲しみながらも、彼に祝福を与え、人生の心得《こころえ》を伝える。

シェイクスピアの劇中にはしばしば、本筋《ほんすじ》とは関係のない会話や人生訓などが挿入されます。この台詞《せりふ》は第一幕第一場、メインキャラクターの一人バートラムが家を離れる場面において、母親の伯爵夫人が人生の心得を語ったものです。

すべての人を愛するというのは、難しいけれども大切なことです。聖書にも「なんじの隣人を愛せ」とあるとおり、特にキリスト教文化においては基本ともいえる考え方なのです。キリスト教以外の文化圏《けん》でも、実行できるかどうかはともかくとして、心がけとしてはだれもが納得できるものでしょう。「だれにも不当なことをしないように」も同様です。しかし、この二つの間にはさまっている「少しの人を信じ」という部分は、やや毛色が違《ちが》う内容です。

世の中むやみに人を信じては、だまされることも数多くあります。詐欺《さぎ》にあう人も後を絶ちません。端《はた》から見ていると、どうしてこんな手にだまされるのか不思議なこともたくさんありますが、詐欺にひっかかる人は、他人を信じやすい、ある意味、素直な人なのかもしれません。愛すれど信じず、の精神は、少し寂《さび》しいかもしれませんが、世の中を渡っていくためには必要な心得といえましょう。

人生は善と悪とのつづれ織り

人の一生という綱は、善と悪とをより交ぜた糸でできている。

『終わりよければすべてよし』第四幕第三場より――

イタリアの戦場で活躍したバートラムであるが、故郷では、妻を捨てて戦場に行き、その妻が巡礼《じゅんれい》先で亡《な》くなったといううわさもあって、悪評を得ていた。これはそんなバートラムを評して、貴族が言った言葉である。

バートラムの妻ヘレナは元々、医者であった父を早くに亡くしたために、バートラムの伯爵《はくしゃく》家に世話になっていた娘でした。亡き父に教わった方法でフランス国王の命を救ったほうびとして、以前から恋しく思っていたバートラムとの結婚を許されたのです。しかしバートラム本人は身分違《ちが》いの結婚を嫌《いや》がり、ヘレナを拒絶する書き置きを残して、イタリアの戦場へ行ってしまいます。それを嘆《なげ》いたヘレナは巡礼の旅に出て、その旅先で亡くなったとされていました。ですからバートラムがいくら戦場で活躍しようとも、妻に対するひどい仕打ちでその栄誉は打ち消されてしまうだろうと、周囲は話すのでした。

人間だれしも、善い部分と悪い部分とを持ち合わせているのは自然なことです。完全な善人、完全な悪人というものは存在しないでしょう。常に善《よ》きことをしようと思っていても、ときに心ない言葉を発したり、悪《あ》しき行為をしてしまったりするのは、仕方がないともいえます。

しかしだからといって、開き直るべきではありません。悪いことは反省し、その後の人生に役立ててこそ、人は成長し、まわりとの関係も築いていけるのです。

時が癒《いや》す失われたものへの思い

失ったものを賞讃《しょうさん》すると、思い出がいっそう辛《つら》くなる。

『終わりよければすべてよし』第五幕第三場より――

夫のバートラムに見捨てられたヘレナは、死の覚悟をほのめかした手紙を残して旅に出る。旅先でヘレナが亡《な》くなったと信じた伯爵《はくしゃく》夫人やフランス国王は嘆《なげ》き悲しむ。引用部分は、臣下がヘレナのことをほめたたえるのを聞いて、フランス国王が発した言葉。

バートラムに見捨てられたヘレナは、バートラムの母である伯爵夫人に手紙を残して旅に出ます。その手紙には、身《み》の程《ほど》知らずの恋を夢見た自分を償《つぐな》うために巡礼《じゅんれい》の旅に出る、自分が死を引き受けるのでバートラムは自由の身である、と書かれていました。ヘレナが巡礼先で亡くなったと聞き、伯爵夫人やフランス国王は嘆き悲しみます（実際には、ヘレナはバートラムの後を追って旅をしており、最終的には彼の愛を勝ち得て「終わりよければすべてよし」となるのですが）。

失われたものは、いくら賞讃しても戻ってこないものです。亡くなった人を思えば思うほど辛さは増すのだから思い出さないようにしよう、と考えるのも仕方のないこと。しかし、辛い思いは時が少しずつ解決してくれます。亡くなった家族や友人のことを思うとき、最初はとにかく辛く苦しい、寂しい思いばかりが押し寄せてきますが、時がたつにつれて、胸を刺すような苦しみは少しずつ消え、故人への愛とよい思い出が懐《なつ》かしく思い出され、胸の痛みも優しい気持ちに包まれるようになります。亡くなった人は二度と戻ってきませんが、故人を思う気持ち、故人とのきずなは、その人を忘れない限り永遠に続いていくのです。

追い詰められても希望は捨てず

惨《みじ》めな者が持つ薬はただ希望のみです。

『尺《しゃく》には尺を』第三幕第一場より――
姦淫《かんいん》の罪で死刑を言い渡され、牢《ろう》で死刑の執行を待つクローディオが、修道士に変装した公爵《こうしゃく》に向かって言った言葉。何とかして生きられないものかと生に執着するクローディオに対し、公爵扮《ふん》する修道士は、死への覚悟を決めるよう言い聞かせる。

『尺には尺を』は、シェイクスピア版『水戸黄門』あるいは『遠山の金さん』ともいうべき作品です。ヴィンセンシオ公爵は、これまでゆるやかに運用してきた法律の取り締まりを厳しくしたら世間はどう反応するか、また急に権力を握った人間はどうふるまうのかを確かめるために、自分は旅に出ると周囲に伝えて、その間の全権限を謹厳実直《きんげんじっちょく》な部下のアンジェロに任せます。そして実際は旅に出ることなく、修道士の変装をして身分を隠《かく》し、権力を握ったアンジェロと世間がどうなるか、見物するのでした。

結婚前に女性を妊娠させたとして、何年も適用されていない古い法律にのっとり、クローディオは捕《つか》まって死刑を宣告されました。牢の中で出会った修道士(実は公爵)に対し、クローディオは生への執着を語ります。

希望は、どんなときにも、どんな者にも許された最後の光です。希望を失ってしまえば、後には何も残りません。希望を持てばそれが必ずかなうわけではもちろんありませんが、どんな逆境にあっても希望を捨てないことが、難局に対処するための土台となるのです。

「ジャイアニズム」の発祥元《はっしょうもと》

私のものはお前のもの、お前のものは私のもの。

『尺には尺を』第五幕第一場より――

修道士に扮《ふん》して世間の様子を見ていた公爵《こうしゃく》が、ついに衣装を脱《ぬ》いでその姿を現す。その場の全員の罪を許した後、死刑になったと思われていたが実は公爵のとりなしで執行を免《まぬか》れていたクローディオも登場、ハッピーエンドとなる。公爵は、兄クローディオの命を嘆願《たんがん》していたイザベラに結婚を申し込む。この台詞《せりふ》は公爵によるプロポーズの一節である。

ドラえもんに登場する日本一有名なガキ大将、ジャイアンの「お前のものは俺のもの、俺のものは俺のもの」という名言（迷言）、これは、シェイクスピアのこの台詞がもとになったといわれています。

『尺には尺を』は、権力と驕《おご》り、姦淫《かんいん》罪と死刑などを扱っており、全体的に重く暗い流れの物語です。しかし、最後には公爵が正体を現してすべてを解決し、みなが収《おさ》まるところに収まり、さらに公爵がヒロインのイザベラに結婚を申し込んで大団円となります。公爵はプロポーズの際、イザベラが受け入れてくれたなら、それぞれの所有物を今後は共有することになるだろうと語りかけているのです。

結婚とは何でしょうか。ここではその一つの考え方が提示されています。相手と家族になり、住居や家具といった物理的なものから考え方や気持ちといった精神的なものまで共有するということは、結婚生活の一つの側面といえましょう。

しかし結婚したとはいえ別の人間なのですから、あまりに一心同体を主張しすぎると息が詰まってしまいます。よいところは共有しつつも、お互いの個性を尊重していくのが、結婚生活をうまく送るための秘けつではないでしょうか。

Column 3

少女小説の両巨頭とシェイクスピア

『あしながおじさん』と『赤毛のアン』。いずれも主人公が英文学好きという設定で、シェイクスピアもしばしば登場します。

『あしながおじさん』の主人公ジュディは、大学の授業で出会った『ハムレット』に心からほれ込み、毎晩自分がオフィーリアになったつもりで空想をふくらませます。「私がハムレットの憂《ゆう》うつを吹き飛ばしてあげるの」。彼女の空想の中では、ハムレットとオフィーリアは悲恋でなくめでたく結ばれて結婚し、デンマークの王・女王として幸せに暮らすのです。

『赤毛のアン』でもシェイクスピアは随所に登場します。例えばアンは『ロミオとジュリエット』のなかの「バラは名前が変わってもその甘い香りは変わらない」という台詞《せりふ》に疑問を呈します。「バラがアザミとかザゼンソウなんていう名前だったら、あんなにいい香りはしないと思うわ」。バラという名前だからこそ香りも甘いと考えるのです。

このように、作品中にさりげなく現れる英文学に気をとめることで、内容をより深く理解し、また、楽しむことができるかもしれませんね。

第4章◎どんなに長くても、夜はいつか明ける

過ぎ去った不幸は悔《く》やまないこと

過ぎ去った災害を悲しむことは、新しい災害に近づく道だ。

『オセロー』第一幕第三場より――

ヴェネチアの将軍オセローはデスデモーナと結婚するが、彼女の父親であるヴェネチアの元老院議員《げんろういん》ブラバンショーの許しを得ていなかった。激怒したブラバンショーはオセローを責めるが、オセローへの愛情を娘から聞かされて、しぶしぶ結婚を認める。そんなブラバンショーをなだめるためにヴェネチアの公爵《こうしゃく》が言うのがこの言葉。

『オセロー』の主人公オセロー将軍は、アフリカ系の黒人です。彼は、その優れた戦功によってヴェネチアで高い評価を得ていました。その彼が、ヴェネチアの元老院議員の娘デスデモーナと結婚したことが、この悲劇の始まりです。

デスデモーナの父親ブラバンショーはこの結婚に反対で、何とかこの結婚を無効にしようと公爵のところに行くのですが、ちょうどトルコ軍が攻めて来るという緊急事態が発生していて、公爵はオセローたちと会議をしているところでした。すでに結婚は成立してしまったのだから、それを悔やんでも仕方がないというのが、公爵の言いたいことでしょう。

私たちの日常生活でも、すでに決着のついたことを蒸《む》し返して、傷を広げてしまうことはよくあります。いまさら何を言ってもどうにもならないとわかっていながら、ひとこと言わなければ気がすまないということがあります。人間はそう簡単に気持ちを切り替えることはできません。それでも、時がたつにつれて、少しずつ現実を受け入れられるようになるものです。少なくとも、子どもの結婚相手のことで嘆《なげ》き続けたりはしないほうが、家庭の円満につながるでしょう。

嫉妬《しっと》は恐ろしいもの

嫉妬は、嫉妬の原因となり、嫉妬を生む怪物だ。

『オセロー』第三幕第四場より――

オセローの旗手であるイアゴーは、自分が副官になれなかったことでオセローを恨《うら》み、オセローと副官のキャシオーを陥《おとしい》れようとしているのだが、オセローはそんなことにはまったく気づかず、彼を信頼しきっている。ここから、彼の言葉を信じ込んで嫉妬に駆られたオセローは、悲劇へと突き進むことになる。

デスデモーナを伴《ともな》ってキプロス島に赴任《ふにん》したオセローは、敵を難なく撃退しますが、今度は嫉妬に苦しめられることになります。イアゴーの策略によって、妻がキャシオーと浮気していると思い込んだオセローは、嫉妬に駆られて妻につらく当たるようになります。

一方、イアゴーのわなにはまって信用を落としたキャシオーに、イアゴーは、オセローとの関係修復をデスデモーナに頼むよう勧めます。イアゴーの策略に気づかず、熱心にキャシオーの弁明をするデスデモーナは、オセローの嫉妬をつのらせるばかりです。まさに嫉妬が嫉妬を生むという事態です。

嫉妬心というのは、だれにでもあるのでしょうが、これが度を超すと、とんでもない事態を招くことになりかねません。人と自分を比べるのではなく、自分自身を見つめて自分の道を進むのがよいのでしょうが、男女関係ではなかなか難しいことです。愛する相手を信じること、相手の自分への愛を信じることが、男女間の嫉妬を防ぐいちばんの方法だと思うのですが、なかなかそれができないところが人間の弱さであり、また、人間らしさでもあります。

悪によって身を正す

悪から悪を学ぶのではなく、悪によって身を正しますように。

『オセロー』第四幕第三場より――

妻の浮気を確信し、嫉妬《しっと》に駆られたオセローは、デスデモーナの不実を責める。しかし身に覚えのないデスデモーナは傷つきとまどうばかりだ。侍女《じじょ》のエミリアが、世の中には浮気をする男も女もたくさんいるということを話し聞かせると、デスデモーナは右のようにつぶやくのである。

デスデモーナの侍女はイアゴーの妻エミリアですが、彼女は自分の夫がオセローをだまし、嫉妬に狂わせようとしていることは知りません。しかし、何らかの理由でオセローが嫉妬していることには気づいています。

実はこのとき、すでにオセローはデスデモーナを殺そうと考えていました。そして、寝室でデスデモーナと二人きりになったオセローは、彼女の不実を責め、彼女の弁明にも耳を貸さずに、首を絞《し》めて殺害してしまうのです。まもなく真相を知ったオセローは、妻を殺した罪悪感と悲しみに打ちひしがれ、さらにはだまされて嫉妬に狂った自分を恥じて、自殺してしまいます。

嫉妬に駆られて破滅するオセローの姿を見ると、その悲惨さに暗たんたる気持ちになります。そして、夫を愛しながら、その夫に殺されるデスデモーナの人生は悲劇そのものです。しかし、この悲劇のなかで、唯一明るい光を投げかけてくれるのもまた彼女なのです。彼女の純真さ、夫への一途《いちず》な愛は、この絶望的な物語に救いをもたらしてくれます。デスデモーナの言うように、他人の悪い行いを見て自分の身を正すことができれば、心はいつも平安なのかもしれません。

ほんとうの愛は言葉では伝えられない

私の愛情は言葉よりも豊かだ。

『リア王』第一幕第一場より――

リア王の末娘コーディリアの言葉。王は国土を三つに分けて、三人の娘に分け与えると宣言するが、それに際して、自分への愛情を聞かせて欲しいと言う。姉の二人は言葉巧《たく》みに父親への愛情の深さを語るが、言葉ではうまく言えずとも愛情は深いのだ、とコーディリアは思う。しかし、それが悲劇の始まりとなるのだ。

リア王には三人の娘がいて、上の二人の娘たちはすでに有力貴族に嫁ぎ、末娘のコーディリアにも二人の男性が求婚していました。そんなとき、リア王は、王位にとどまったまま、国土を三人の娘たちに分け与えると宣言するのですが、その前にまず、王に対する愛情を言葉で示すことを求めます。

二人の姉とは違《ちが》い、言葉巧みにお世辞《せじ》を言うことのできないコーディリアは、心の中で、「私の愛情は言葉よりも豊かだ」とつぶやきます。しかし、年老い、冷静な判断力を失ったリア王は、彼にとって最愛の娘だったはずのコーディリアの愛情を理解することができず、彼女の相続権をはく奪してしまいます。

言葉巧みに好意を示す人が必ずしも信用できないということは、昔からよく言われることですが、それでも、優しい言葉、思いやりにあふれたような言葉をかけられるのは心地よいことです。しかし、その言葉が偽《いつわ》りのものであったとき、『リア王』のような悲劇が起きるのでしょう。王侯貴族や富豪にかぎらず、似たようなことはだれにでも起きる可能性があります。人をむやみに疑いたくはありませんが、人の言葉とその人自身を見抜《みぬ》く目を養っておくことは必要です。

狡猾《こうかつ》さは隠《かく》しきれない

罪を隠すずるがしこさを時が明らかにし、最後には恥辱《ちじょく》を与えてくれるでしょう。

『リア王』第一幕第一場より——

リア王の上の二人の娘は言葉巧みに父王の機嫌《きげん》をとり、広大な領土を分け与えられるが、彼女たちの言葉が口先だけのものであることを、末娘のコーディリアは見《み》抜《ぬ》いていた。そんな彼女が、王に「二度と顔を見たくない」とまで言われて、王宮を去るときに言い残すのがこの言葉である。

コーディリアは、二人の姉のねらいは領土を得ることにあり、いずれ王をないがしろにするだろうと予測しているのですが、王は彼女の弁明には耳を貸そうともしません。そして王をいさめた忠臣のケント伯《はく》をも追放してしまいます。

フランス王と結婚し、祖国を離れることになったコーディリアは、時がたてば真実が明らかになり、王も理解してくれると信じて、王と姉たちに、「罪を隠するがしこさを時が明らかにする」と言い残して王宮を後《あと》にします。後《のち》にリア王はコーディリアの言うことが正しかったことを悟《さと》るのですが、そうなるまでに時間がかかりすぎてしまうところに、リア王とコーディリアの悲劇があります。

自分を理解してもらえないとき、自分を受け入れてもらえないとき、私たちは深く傷つきます。特に、相手が、自分の愛する人、自分にとって大切な人である場合、その傷は深く、悲しみは大きなものとなります。言葉で説明してもわかってもらえず、行動で示そうとすれば誤解される。そんなときはじっと耐《た》えて、時にすべてをゆだねるのも一つの生き方です。こうした生き方が性《しょう》に合わないという人がいることも、もちろん事実ではあるのですが。

歳《とし》をとる前に賢《かしこ》くなる

賢くなる前に、歳をとってしまってはいけません。

『リア王』第一幕第五場より――

リア王のそばに付き添う道化《どうけ》の言葉である。この道化は、リア王がどんな状態になろうともたえず付き従って、その運命を見届けることになる。シェイクスピアにかぎらず、古典劇では道化が重要な役割を果たすことが多い。この作品では、物事をいちばん冷静に見ているのは、みんなに馬鹿にされている、この道化だとも言えるだろう。

リア王は、娘たちに国土を分け与えるときに、二人の娘の屋敷《やしき》に一か月交代で滞在する約束をしていました。しかし、最初の滞在先である長女ゴネリルの屋敷で、王と長女はすぐに対立します。娘は父親のわがままにがまんがならず、王はゴネリルが、王であり父でもある自分の意向にそむくことが許せないのです。

ゴネリルの態度を腹にすえかねたリア王は、次女の屋敷に行こうとします。そんな王に、道化は「歳よりもはやく年寄りになる」と言い、さらに「賢くなる前に、歳をとってしまってはいけません」と続けるのです。道化は、老いたリア王の行動の愚《おろ》かさを指摘しているのですが、王は気にもとめません。

人間は歳をとるごとに体力も記憶力も衰《おとろ》えていきますが、だからといって、「知恵」までが衰えるわけではありません。豊かな人生経験のなかで身につけた知恵は、高齢者の強みであるはずです。しかし、老いるまでに何の知恵も身につけていなかったならば、ただ歳をとっただけの人になってしまいます。老いることは避《さ》けられませんが、老いるにつれて「知恵」も深まっていくような人は、何歳になっても魅力的な高齢者であり続けるのではないでしょうか。

必要以外のものも必要だ

人間から必要以外のものをすべて取り去ったなら、人間の命は獣《けもの》と同じようなものだ。

『リア王』第二幕第四場より——

長女の屋敷《やしき》に滞在していたリア王は、王の身分にふさわしいようにと百人の騎士《きし》をつけている。そんなものは必要ないと長女が言ったのに対して、王が答える言葉である。自分の思い通りにしたい王と、無駄《むだ》な出費を減らしたい娘たちの考え方のずれが、少しずつリア王の不満をつのらせていく。

リア王は、国王の座にはとどまったまま、長女と次女に国土を分け与え、二人の屋敷に一か月交代で滞在するつもりだったのですが、娘たちは、王の供《とも》をつとめる騎士の数を減らそうとし、さらには、そもそも騎士など必要ないと言い出します。しかし、王は、百人の騎士をつけることは国土を分け与える際の条件だったと言って譲《ゆず》らず、怒りを爆発させて、どんな者でも「必要以上のもの」を身につけていると叫ぶのです。

人間がもし必要最低限のものだけで生きていくとしたら、その生はリア王の言うように、「獣のようなもの」になるでしょう。必要最低限のものがあればいいという考え方は否定できませんが、「必要」の基準をどこに置くかで、生のありようは大きく変わってしまいます。人間が人間らしく生きるためには、「無駄」と思われるようなものが必要であることもまた否定できません。

人生にうるおいを与えるためには、ちょっとした「ゆとり」があったほうがよいのです。そうした「ゆとり」も「必要なもの」のなかに含まれるのであれば、「必要なものだけあればよい」という生き方は、大いに認めるべきでしょう。

生まれるときにはだれもが泣く

我々は、生まれたとき、道化《どうけ》ばかりの大きな舞台にやってきて泣いたのだ。

『リア王』第四幕第六場より――

リア王の臣下であるグロスター伯《はく》は、フランスと通じて国家に背《そむ》いたというぬれぎぬを着せられ、その罰として、リア王の次女の夫コーンウォール公に失明させられる。狂気にとらわれて荒野をさまよっているリア王が、そのグロスター伯に再会したときに言うのがこの言葉である。

グロスター伯の次男エドマンドは、長男エドガーを陥《おとしい》れて家督《かとく》を継ごうとたくらみます。エドマンドは父をだまし、兄が父親への謀反《むほん》をたくらんでいると思い込ませたうえで逃亡させます。そして次には、リア王の次女リーガンとその夫コーンウォール公に取り入り、自分の父親に裏切り者のぬれぎぬを着せます。

グロスター伯は裏切りへの罰として失明させられ、追放されますが、荒野の中で聞き覚えのある声に気づき、それが王であることを知ります。王は狂気の状態にありながら、忠臣グロスターの悲劇を知り、深く心を痛めるのです。

人は、悲しいときにも、うれしいときにも涙するものですが、赤ん坊としてこの世に生まれ出てくるときにも激しく泣きます。赤ん坊が泣くのは、リア王の言うように、この世という大きな舞台に出てきたからというわけではないでしょうが、その泣き声を、その子がこれからの人生で味わう喜びや悲しみの象徴《しょうちょう》だと受け取ることもできるでしょう。小さなことに悩み、深刻な問題に苦しみ、ちょっとしたことで喜び、幸運に狂喜する。こうした人生の喜怒哀楽《きどあいらく》は、赤ん坊としてこの世に生を受けるときから、すでに予告されているのかもしれません。

シェイクスピア劇のキャラクター

オフィーリア──『ハムレット』

『ハムレット』は、ハムレットによる復讐劇《ふくしゅうげき》であると同時に、ハムレットとオフィーリアの悲しい恋の物語としても知られています。オフィーリアの登場場面は少ないのですが、すなおで純粋な娘オフィーリアの存在感は大きく、彼女を題材にした絵画も数多く描かれています。『ハムレット』を読んだことはないけれど、ミレイの『オフィーリア』は知っているという人も多いのではないでしょうか。

『オフィーリア』ジョン・エヴァレット・ミレイ

シーザー──『ジュリアス・シーザー』

『ジュリアス・シーザー』におけるシーザーも登場場面は少なく、この作品の主役はむしろシーザーを殺したブルータスだといえます。なぜこのタイトルになったかについては諸説ありますが、実在した古代ローマの英雄シーザー（カエサル）が、集客効果の高い人気者であったことが大きいでしょう。「ブルータスよ、お前もか」の台詞《せりふ》はシェイクスピアの創作ですが、シーザーには史実として残っている名文句も多く、特に「賽《さい》は投げられた」「来た、見た、勝った」などが有名です。

ジュリアス・シーザー

シャイロック——『ヴェニスの商人』

『ヴェニスの商人』は喜劇に分類されています。ユダヤ人シャイロックは借金の形《かた》に人肉一ポンドを要求するような、ごうつくばりの悪人。だから最後にやりこめられて当然、機転をきかせてやりこめた側ばんざい、の物語です。

しかし現在では、この作品を純粋に喜劇として楽しむことは難しくなっています。当時ユダヤ人は多くの職業から締め出され、金融業で身を立てざるを得ない状況にありました。シャイロック寄りの視点で読むと、人種問題をはらんだ悲劇だともいえるのです。

きれいは汚い

きれいは汚い、汚いはきれい。

『マクベス』第一幕第一場より——

スコットランドの武将マクベスを陥《おとしい》れることになる魔女が、この芝居《しばい》冒頭の場の最後に言う言葉である。『マクベス』という作品は、魔女たちが言葉の両義性やあいまいさを使ってマクベスをだまし、彼に滅亡の道を突き進ませる悲劇である。その意味で、この矛盾《むじゅん》した言葉はこの作品全体を象徴《しょうちょう》するもの。

敵を制圧した帰路の荒野で、自分がいずれ王になると魔女に告げられたマクベスの心のなかに、王位に就《つ》きたいという欲望が芽ばえます。マクベスはダンカン王を殺害し、王位に就くのですが、やがて、自分が魔女にだまされたことに気づきます。しかし時すでに遅く、マクベスは破滅への道を突き進むことになるのです。

言葉の意味を取り違《ちが》えることは、ほとんどの人が経験したことがあるでしょう。それは聞き間違いによることもありますが、一つの言葉がさまざまな意味にとれるということが原因であることも多いのです。『マクベス』では、魔女の使う言葉のあいまいさに欺《あざむ》かれたマクベスが、悲劇に陥《おちい》るのです。

私たちの日常生活では、言葉の行き違いがそれほどの悲劇を生むことはめったにないでしょうが、人間関係が気まずくなることはあります。私たちはなにげなく言葉を使っていますが、これを使いこなすことは容易ではありません。自分の言葉がどのように解釈される可能性があるか、相手が何を言おうとしているのかということを、慎重に考える必要があるのです。

想像は現実よりも恐ろしい

現実の恐怖は、恐ろしい想像ほどではない。

『マクベス』第一幕第三場より――

自分がやがて王になると魔女に告げられたマクベスは、その魔女の言葉に思いをめぐらす。そして、王を殺すということを想像するだけで、その恐ろしさにうち震《ふる》えるのだ。しかし、王位に就《つ》きたいという欲望に駆られたマクベスは、みずからの恐怖を振り払うようにこの言葉をつぶやくのである。

荒野で出会った魔女に「いずれは王になる」と告げられたマクベスは、自分が王になるという言葉で頭のなかがいっぱいになってしまいます。マクベスと同行していた武将バンクォーは、魔女の言葉を真《ま》に受けすぎるのは危険だとさとし、我々を破滅に導こうとする闇の世界の手先ではないかと言いますが、魔女の言葉にとらわれたマクベスは、聞く耳を持ちません。

マクベスは、王の殺害を想像し、その恐ろしさにぞっとしますが、現実よりも想像のほうがずっと恐ろしいのだと自分に言い聞かせて、恐怖心を取り除こうとするのです。

日本には「案ずるより生むが易《やす》し」ということわざがあり、これはこれでなかなか説得力のある言葉なのですが、マクベスの場合はどうでしょうか。マクベスが王を殺害するのはいたって簡単でしたが、そこから彼は自滅の道をたどることになるのです。何かを実現することが、思ったより簡単だったとしても、その後も順調に行くとはかぎりません。犯罪計画などもってのほかですが、世の中は自分の思い通りにはいかないものだということは、肝《きも》に銘《めい》じておくべきでしょう。

ありえないはずのことが起きるとき

バーナムの大森林がダンシネインの高い丘に向かって攻めて来るまで、マクベスは敗れない。

『マクベス』第四幕第一場より――

王を殺害して王位に就《つ》いたものの、妄想《もうそう》に取りつかれて心が落ち着かないマクベスは、魔女に会いに行って、自分がこれからどうなるのかをたずねる。それに対する魔女の返事が、この言葉である。マクベスはこれを聞いて安心するのだが、実は、ここに大きなわなが潜《ひそ》んでいたのだ。

王を殺害してみずから王位に就いたマクベスですが、不安は消えません。そんなマクベスが自分の将来について魔女にたずねると、魔女は「バーナムの大森林がダンシネインの高い丘に向かって攻めて来るまで、マクベスは敗れない」と言います。森が攻めてくるなどということはありえませんから、マクベスは安心します。

ところが、先王の王子がイングランドの支援を得て兵を挙げると、マクベスに信じられないような報告がもたらされます。それは、バーナムの森がダンシネインに向かって来るというものです（実際は、敵軍が木の枝でカムフラージュして進攻してきたのでした）。マクベスはそんなばかなことがと思うのですが、それでも魔女の言葉を思い出し、身の破滅を覚悟します。

森が動くという、ありえないはずの事態が現実に起こったとき、マクベスは自分の敗北を知るのですが、私たちの日常でも、信じられないようなことが起こるのは珍《めずら》しいことではありません。実際のところ、この世では何が起こるかわからないのです。そんな現実に対処するためにこそ、あらゆる事態を想定する豊かな想像力が求められるのです。

明けない夜はない

どんなに長くても、夜はいつか明ける。

『マクベス』第四幕第三場より――

マクベスを討《う》つべく兵を起こした、先王の王子マルカムの言葉である。先王の側近だったマクダフが、王子の軍に加わったため、マクダフの妻と子はマクベスの命令でみな殺しにされる。それを聞いて悲嘆にくれるマクダフを王子は奮《ふる》い立たせ、マクベスへの怒りと復《ふく》讐《しゅう》の誓《ちか》いをこめて、このように言うのである。

スコットランドの貴族マクダフは、王ダンカンが殺されて、マクベスが即位すると、マクベスに距離をとるようになります。そして、先王の王子マルカムがマクベス討伐《とうばつ》の兵を挙げると、家族を居城に残したまま、マルカムのもとに走ります。これを知ったマクベスはマクダフの家族をみな殺しにしてしまいます。

家族の悲報を聞いたマクダフは、自分の行動が家族を死なせることになったと考えて自分を責めるとともに、マクベスへの憎悪をたぎらせます。そんなマクダフをマルカムは励《はげ》まし、「どんなに長くても、夜はいつか明ける」と言うのです。「夜」という語は、その暗さから、つらい日々や暗黒の時代を表現するためによく用いられます。自分がつらい状況にあるとき、いつか必ずこの状況から抜《ぬ》け出せると信じることができれば、私たちはなんとかそのつらさに耐《た》えることができるでしょう。

つらいとき、苦しいときに希望を持ち続けるのは難しいことですが、すべての希望を失ってしまったら、生き続けることさえできなくなるでしょう。「いつかは夜が明ける」と信じることが、私たちに生きる勇気と力を与えてくれるのです。

人生は影法師《かげぼうし》

人生は歩きまわる影、哀れな役者だ。

『マクベス』第五幕第五場より――

先王の王子を支援するイングランド軍との決戦に備えるマクベスのもとに、マクベス夫人が亡《な》くなったという知らせが届く。マクベス夫人は、マクベスが王位に就《つ》いてから精神に異常をきたし、妄想《もうそう》に苦しめられていたのだ。窮地《きゅうち》に立たされているマクベスは、夫人の死を知らされて、ますます追い詰められていく。

マクベスがやがて王位に就くという魔女の「予言」をマクベスから聞かされた夫人は、王を殺害して王位に就くようにマクベスを強く促《うなが》します。しかし、マクベスが王を殺して王位に就くと、夫人は幻覚に悩まされるようになり、錯乱《さくらん》のなかで亡くなってしまいます。

夫人の死を知ったマクベスは、人生は影にすぎず、何ものかに操《あやつ》られる役者なのだと悟《さと》ります。そして、そんなマクベスに追い討《う》ちをかけるように、「バーナムの森が向かって来る」という知らせがもたらされるのです。マクベスは最後の戦いに出陣します。それは、自分の運命との戦いでした。

自分の意思で自分の思うような生き方がしたいとは、だれもが思うところでしょう。しかし、自分の思い通りにはいかないのが、世の常です。運命を信じる人は、これが自分の運命なのだと思うでしょうし、運命を信じない人は、自分の力が足りないのだと思うでしょう。人生がかぎられたものであるという点で、「人生は影」であるのかもしれません。ただ、それでも、何かに操られるのではなく、自分の人生を自分で切り開くという強い心だけは失いたくないものです。

自分への批判は自分の糧《かて》に

自分の悪を告げられることは、荒地を耕すのと同じような効果がある。

『アントニーとクレオパトラ』第一幕第二場より——
ジュリアス・シーザーが暗殺された後、ローマ帝国を支える一人だったアントニーは、エジプト女王クレオパトラの魅力のとりことなって、エジプトに長く留まり、彼女の言いなりになっていた。そんな彼に対する批判がローマで高まっていることを聞いたアントニーが語る言葉である。

ジュリアス・シーザー亡《な》き後のローマで、アントニーの人望はあつく、その優れた才能は高く評価されていましたが、クレオパトラと出会ったことで、彼の人生は大きく変わることになります。ジュリアス・シーザーの存命中、クレオパトラはその公然の愛人としてローマに滞在していましたが、シーザーが死ぬと、エジプトに戻り、今度はアントニーの愛人となりました。

ローマで自身への批判が高まっていることを知ったアントニーは、クレオパトラへの深い思いを断ち切らなければ身の破滅を招くと考えるのですが、なかなか実行に移せません。それがアントニーを破滅へと導くことになるのです。

自分に対する批判をすなおに受け入れることは容易ではありません。しかし、もしそうすることができたら、私たちはそこから、大きな糧を得ることができるはずです。自分で自分を客観的に見るのは難しいことですが、他者の眼《め》を通して自分を見ることができれば、自分の改めるべき点も明らかになり、自分を成長させることができるでしょう。自分への批判に耳を傾《かたむ》けることは、自分を見つめなおし、自分自身を知ることへとつながり、自分の進む道を正してくれるのです。

快楽も次第《しだい》に色あせる

現在の快楽も、回転が弱まると、その反対のものになる。

『アントニーとクレオパトラ』第一幕第二場より――

エジプトに留まり続けるアントニーに、妻が亡《な》くなったという知らせが届く。アントニーはクレオパトラとの関係を断ち切ろうとして右のようにつぶやき、実際に行動を起こすのだが、クレオパトラのあやしいまでの魅力から逃れることは困難だった。

エジプトでクレオパトラとの快楽の日々を過ごすアントニーに、妻が亡くなったという知らせが届きます。アントニーは、みずからのエジプトでの日々を反省し、「現在の快楽も、回転が弱まると、その反対のものになる」とつぶやいて、なんとしてもクレオパトラとの関係を断ち切らなければならないと考えるのです。

どんなに魅惑《みわく》的な快楽も、いずれそれが当たり前のことのようになってしまいます。それどころか、場合によっては、ただうんざりさせられるだけのものにもなりかねません。アントニーの言葉は、その間の事情をよく言い表しています。そして、彼の場合は、クレオパトラとの関係を断ち切ることに彼自身の運命がかかっているだけに、その思いは強いのです。

何かの魅力に強くひきつけられているとき、その誘惑を断ち切るのは難しいことです。しかも、それを断ち切らなければならないと思えば思うほど、それへの執着が強まるものです。しかし、快楽は一時のものに過ぎないと考えてこれをあきらめるか、それとも、欲望のおもむくままに快楽にふけるかで、人の生き方は大きく変わることになります。そして、それを選ぶのは、自分自身なのです。

欠点があるのが人間だ

神々は、我々を人間にするために、何らかの欠点を与えるのだろう。

『アントニーとクレオパトラ』第五幕第一場より――

オクテイヴィアスとともにアントニーと戦ったアグリッパの言葉である。アントニーは偉大な人物だったが、クレオパトラとの愛におぼれた。それが彼の欠点だったが、人間である以上、何らかの欠点はあるものだと述べて、偉大なアントニーの死を悲しむのである。

アントニーはローマ軍との海戦で大敗しますが、陸戦では善戦します。しかし、クレオパトラが死んだという、嘘《うそ》の知らせを信じて、みずから死を選びます。クレオパトラは自分が虚報を流させたことをすぐに後悔し、これを取り消そうとしたのですが、間に合いませんでした。

一方、アントニーの死を知ったローマ軍の人々は、その死を嘆《なげ》き、彼がいかに優れた人物であったかを語ります。しかし、どんなに優れていても、何らかの欠点はあります。そして、アントニーの欠点は、女性に弱いということでした。

欠点のない人間などいないでしょう。むしろ、欠点だらけなのが普通の人間です。けれども、欠点が、その人の人間らしさを示しているとも言えます。偉大な人物の場合には、その偉大さのゆえに、かえって欠点が目立つということがあるかもしれません。「神々は、我々を人間にするために、何らかの欠点を与えるのだ」と人に言わしめるほど偉大な人物がそう現れるはずもありませんが、神でもない私たち人間に欠点はつきものだと考えれば、他人を見る目も自分を見る目も、いくらか優しくなるかもしれません。

Column 4

言葉の発明家シェイクスピア

シェイクスピアは、およそ二千もの単語や表現を創作したといわれています。その中には、私たち日本人にもなじみ深い語句が数多く含まれています。いくつかご紹介しましょう。

- football　「サッカー」
- schoolboy　「小学生男児」
- love letter　「ラブレター」
- alligator　「ワニ」
- partner　「パートナー、相棒」
- bed-room　「寝室」
- lonely　「孤独な」
- fair play　「フェアプレー」

いかがでしょう。お堅《かた》い古典のイメージがあるシェイクスピアも、ちょっと身近に感じられませんか？

第5章◎人間ってなんて美しいのかしら

ごう慢と破滅

偉大さに値する者はおまえたちに憎まれる。

『コリオレイナス』第一幕第一場より――

食糧不足によるローマ市民の不満は、矛先《ほこさき》が貴族に向けられ、暴動にまで発展する。中でも、国家には力を尽くすものの態度がごう慢なマーシアス（のちのコリオレイナス）には市民の非難が集中。しかし、ヴォルサイ人との戦闘ではマーシアスがローマに勝利をもたらす。引用は、市民を馬鹿にするマーシアスの台詞《せりふ》。

マーシアスはコリオライの城壁の中に閉じ込められ一人っきりで戦い、負傷します。しかし、宿敵のオーフィディアスを一騎討《いっきう》ちの末に打ち負かし、コリオライを占領。この功績により、彼にはコリオレイナスという名が与えられます。ローマに凱旋《がいせん》したコリオレイナスは執政官《しっせい》に推《お》されますが、正式に任命されるには謙虚《けんきょ》のしるしのボロをまとって民衆の前に立ち、戦いの傷跡《きずあと》を見せて賛成票を請《こ》わなければなりません。市民に対して常に尊大なコリオレイナスにとって、このしきたりは受け入れがたいものでしたが、周囲の者に説得され従うことに。しかし彼の出世をよく思わない二人の護民官は民衆をそそのかし賛成票の撤回をもくろみます。護民官の思惑どおりにことは運び、コリオレイナスは彼が民衆に浴びせた侮蔑《ぶべつ》的な言葉により、反逆者としてローマから追放されます。

古代ローマ市民が執政官を選ぶのにどれほどの判断材料をもっていたのか、市民階級の知的レベルはどれくらいのものだったのか、疑問に思うところです。感情的な物言いしかできないコリオレイナスも利口ではありませんが、群集心理に陥《おちい》りやすく、目先のことにしか思い至らない民衆も国を滅ぼす要因でしょう。

母と息子

母上、あなたはいつも逆境は精神の試金石だと言っていましたね。

『コリオレイナス』第四幕第一場より――

ローマを追放されたコリオレイナスは宿敵オーフィディアスを訪れ、ローマに復讐《ふくしゅう》するため、ともに戦うことを要請。おそれをなしたローマ側は和解を申し出るが、彼は拒否。しかし母や妻が彼のもとに現れて説得したため、結局申し出を受け入れることに。引用はローマを去るときのコリオレイナスの台詞《せりふ》。

ローマと和解するよう説得する母と、それに応えようとするコリオレイナス親子の情愛に心が動かされたというオーフィディアスですが、軍内でのコリオレイナスの人気ぶりに危機感を抱《いだ》いていた彼は、これを自分の地位奪還《だっかん》のチャンスと考えます。和睦《わぼく》の報告に来たコリオレイナスをオーフィディアスは裏切り者と非難し、彼を殺してしまいます。生きていれば彼は大きな危険をもたらす男だと、その暗殺の理由を弁明しながらも、彼の高潔な生涯をたたえて幕となります。

国のために数々の功績を残した男がそのプライドの高さゆえに国から追放され、その報復のためにライバルと手を結び、兵を挙げるものの、母親の涙にほだされて侵攻をあきらめ、今度はそれが裏切り行為と責められて殺されてしまう哀れな男の物語です。ごう慢な男に育ててしまったのも母親、また、最後に暗殺されるようなきっかけを作ってしまったのも母親です。コリオレイナスの人生を不幸な方向に導いてしまった母親がいちばん哀れかもしれません。

子育てほど難しいものはありません。そしてその結果は、その子の人生の幕が引かれるまで、だれにもわからないのです。

真の友人とは

人間は沈む太陽にはドアを閉めるものだ。

『アテネのタイモン』第一幕第二場より――

アテネの貴族タイモンは、気前よく金を使い、客をもてなすのが大好きな男。執事の忠告も聞かず、浪費三昧《ろうひざんまい》の生活を続ける。その財産もついに底をつき、友人の貴族たちから金を借りようとするが、一文なしのタイモンに金を貸してくれるものはだれもいない。引用は、皮肉屋の哲学者アペマンタスのもの。

友人の負債《ふさい》を支払い、召し使いの結婚の持参金まで用立てし、金めあてにゴマをする人間にも喜んで財産を分けあたえるタイモン。金庫はからっぽ、土地は抵当に入り、増えるのは借金だけという財政状態を再三訴える執事にも、「心配するな、おれには友人という財産がある。おれが彼らを助けたように、彼らもおれの窮状《きゅうじょう》を知れば助けてくれるはずだ」と、どこまでもお人よしのタイモンです。

当然のことながら、金を貸してくれる者はだれもいません。「沈む太陽」など彼らには必要ないのです。友人と思っていた者たちの裏切りを知ったタイモンは激怒し、何も言わずに彼らを食事に招きます。テーブルの上の皿にはお湯と石だけ。「これがおれからの最後のごちそうだと思え」と言いながら一同の顔にお湯を浴びせ、石を投げつけるのでした。

「金の切れ目が縁の切れ目」のような関係しか築けなかったタイモンが哀れですが、世の中は善良な人たちばかりではないことも知るべきでした。そして彼の皮肉屋の友人、アペマンタスの「人間の耳は追従《ついしょう》にのみ開かれ、忠告には閉ざされる」という箴言《しんげん》にこそ耳を傾けるべきであったでしょう。

世捨て人となって

すべてをなくした者にはすべてが手に入る。

『アテネのタイモン』第五幕第一場より――

破産し、すべての人間が信じられなくなったタイモンは一人で森の洞くつに住む。一方、アテネを追放されたアルシバイアディーズ将軍は、報復のためアテネに進軍の途中。元老院議員《げんろういん》たちはタイモンに将軍の反乱鎮静を要請するが、すでに世を捨てたタイモンは、自分の墓碑銘《ぼひめい》に呪《のろ》いの言葉を刻み、息絶える。

財産を失い、子どもから年寄りまですべての人間を憎むタイモンは、呪いの言葉を吐《は》きながらアテネを去り、海岸近くの洞くつで、草の根を食べて生きています。たまたま掘り当てた大金も将軍や淫売婦《いんばいふ》、盗賊に与えて立ち去らせ、再び仕えようとやってきた忠実な執事フレーヴィアスさえも追い返してしまいます。

将軍の進撃を恐れたアテネの元老院議員がタイモンにこれまでの非礼を詫《わ》び、反乱鎮静の協力を求めにやってきますがこれも拒否。結局アテネは将軍の要求をのみ、反乱軍と和解します。そこへタイモンのもとに行っていた兵士が戻り、彼の死を伝えます。彼の墓碑銘に刻み込まれていた、人間すべてを呪う言葉を将軍が読み上げ、幕となります。

せっかく大金を手に入れ、元老院からの要請もあり、執事も仕えてくれるというのですから、もう一度くらい人生をやり直してもいいのではと思ってしまいますが、教訓を生かして、今度は人間をまったく信じない人生を歩まねばならないとしたら、それはそれでつらいこと。無一文にもならず、人をほどほどに信じ、呪いもせず呪われもしない凡人の人生がいちばんということかもしれません。

時にひれふす人間

時こそが人間の王だ、親として人間を生み出すこともあれば、墓として葬《ほうむ》りもするのだから。

『ペリクリーズ』第二幕第三場より——

アンタイオケ王の近親相姦《そうかん》の秘密を知ってしまった、タイアの領主ペリクリーズは、身の危険を感じターサスに逃れる。食糧難にあえいでいたターサスをペリクリーズが救う。しかし、再び追われる身となり、ペンタポリスにたどり着いたペリクリーズの台詞《せりふ》。

ペンタポリスに漂着したペリクリーズは、当地の王女タイーサに見そめられ結婚します。アンタイオケ王が亡《な》くなり、自分の身に危険が及ばなくなったことを知ったペリクリーズは、身重のタイーサを連れ、故国タイアに向けて出航します。

しかし、途中、嵐に見舞われ、タイーサは船上で女の子を出産するとそのまま息を引きとります。船から死体を降ろさなければ嵐は静まらないという水夫たちの言い伝えに従い、タイーサの棺《ひつぎ》は海に葬られます。生まれたばかりの赤ん坊マリーナを連れて帰るのは無理との判断から、ペリクリーズはタ一サスのクリーオン太守に娘を預け、タイアに帰国。それから十四年の月日が流れます。

ペリクリーズが言うように、「時」以上に人間を支配するものがあるでしょうか。生まれたての赤ん坊を花のような娘に成長させるのが「時」であれば、その娘を老婆に変えるのも「時」です。だれであれ「時」に逆らうことはできません。

しかし、傷や悲しみを癒《いや》してくれるのも「時」であることに間違《まちが》いはありません。時が過ぎないように祈る人間が、ある時には、時が早く過ぎることを祈っています。祈ることしかできないのが、人間と「時」との関係なのでしょう。

命を吹き込むもの

お前に命を与えた者が、お前によって命を与えられたのだ。

『ペリクリーズ』第五幕第一場より――

月日は流れ、マリーナは才色兼備《さいしょくけんび》の娘に成長。マリーナをねたむクリーオンの妻に殺されそうになるが、海賊にさらわれ、売春宿に売られてしまう。マリーナとの再会のためクリーオン夫妻を訪ねたペリクリーズは、娘の死を知らされ悲嘆にくれる。この台詞《せりふ》は後にマリーナと劇的な再会を果たしたペリクリーズが言ったもの。

荒れた海に投げ込まれたタイーサの棺《ひつぎ》はエフェソスの岸に流れ着き、彼女はそこで息を吹き返します。一方、ミティリーニの売春宿に売られたマリーナは、客に説教をするので女主人に嫌われますが、当地の太守《たいしゅ》ライシマカスに気に入られ彼の援助を受けて、歌や踊りの才能で生計を立てます。

最愛の妻と娘を失くした悲しみから、ほとんど死んだようになってしまったペリクリーズの乗った船は、偶然《ぐうぜん》ミティリーニにたどり着き、そこでマリーナと劇的な再会を果たします。歓喜の涙にむせぶペリクリーズのもとに女神ダイアナが現れ、エフェソスの神殿に行くことを命じます。ペリクリーズとマリーナの前に大勢の巫女《みこ》を従えたタイーサが立ち、親子三人の感動の再会となります。

引用した言葉は、死んだと思っていた娘の出現が、父親を絶望のふちから救い出し、新たな命をあたえるという場面のものですが、これほどドラマチックでなくても、自分の子どもの存在そのものが自分に命を吹き込んでくれるという思いは、特に子育て経験者にはよく理解できることかもしれません。人の命は子に与え、また、子から与えられて引き継がれていくのでしょう。

待つということ

悪いことが起こるのではないかとびくびくしているのは、それがどうだとわかったときよりつらいものです。

『シンベリン』第一幕第七場より――

ブリテン王シンベリンは、娘のイモージェンが身分違《ちが》いのポステュマスと勝手に結婚したことに激怒し、彼を追放する。ローマに逃れたポステュマスは、妻の貞《てい》節《せつ》をめぐり、イタリア人ヤーキモと賭《か》けをする。訪ねてきたヤーキモにイモージェンが言う台詞《せりふ》。

ポステュマスとイモージェンは、愛の証《あか》しにと、それぞれの腕輪と指輪を交換して別れます。ローマの友人のもとに身を寄せるポステュマスは、妻の美貌《びぼう》とその貞淑《ていしゅく》ぶりを友人たちに語りますが、それを聞いたヤーキモは、イモージェンに会わせてくれさえすれば彼女を口説《くど》き落とす自信があると賭《か》けをいどみ、ブリテンに向かいます。イモージェンの毅然《きぜん》とした態度に誘惑することはあきらめますが、夜中に彼女の部屋にしのびこみ、部屋の様子や彼女の身体のほくろの位置を記憶、さらにはポステュマスから贈られた腕輪まで抜《ぬ》き取りローマに帰国します。

ヤーキモの言葉から妻の裏切りを確信したポステュマスは、召使いのピザーニオに妻の殺害を命じます。しかし、イモージェンの貞節を信じるピザーニオは、主人の命令を彼女に打ち明け、男装してローマに行くことをすすめます。

人生には、何かの結果をただじっと待たなければならない場面がよくあります。受験の結果、病気の診断の結果、愛の告白の結果など。期待と不安でいかに胸が押しつぶされようとも、それを待つ時間は無駄《むだ》ではありません。過去の自分を振り返り、新たな一歩を踏み出すためにも。

悲しみの大小

大きな悲しみは小さな悲しみを癒《いや》すものらしい。

『シンベリン』第四幕第二場より――

男装したイモージェンは、迷い込んだ洞くつで猟師《りょうし》一家と出会う。継母《ままはは》の王妃の作った薬を飲んだイモージェンは仮死状態に。彼女を追ってきた王妃の息子クロートンは猟師に殺され、イモージェンとともに埋葬されることになる。その二人の姿を見て、クロートンの死を悲しみはするが、イモージェンの死とは比べようもないと嘆《なげ》く、猟師ベレーリアスの台詞《せりふ》。

王妃の連れ子クロートンはイモージェンとの結婚をせまり、失そうした彼女を追いかけてきますが、猟師に首をはねられてしまいます。仮死状態から目覚めたイモージェンは、首のない死体がポステュマスの服を着ていたため、夫が殺されたのだと勘違《かんちが》いし、悲嘆にくれます。

ブリテンとローマは激戦となりますが、猟師たちの大活躍もあり、ブリテンが勝利。その後、ポステュマスとイモージェン、ヤーキモは捕虜《ほりょ》として再会します。ヤーキモの告白によりイモージェンの貞節《ていせつ》が証明され、王は二人の結婚を正式に認めます。また、洞くつの猟師一家は、昔、行方不明になった王のじつの息子たちと家臣であることもわかり、喜びのうちに幕は閉じられます。

いくら癒されようとも、次々と大きな悲しみに襲《おそ》われる人生を歩みたくはありませんが、高度な医療技術がなかった時代、戦時下を生きることが普通だった時代の人たちは、現代の私たちよりはるかに大きな悲しみを経験しながら生きていたことでしょう。死を悲しむ気持ちには、時代も人種も民族も関係ありません。死はいつも大きな悲しみ以外の何ものでもないのですから。

特集5

シェイクスピアに縁《ゆかり》の日本人

黒澤　明（くろさわ　あきら）

「世界のクロサワ」と呼ばれる黒澤明監督。世界の映画界に多大な影響を与えましたが、彼もシェイクスピアを題材にした映画を作っています。『蜘蛛巣城《くものすじょう》』（一九五七年）は『マクベス』を、黒澤監督最後の時代劇となった『乱』（一九八五年）は『リア王』を下敷きに、舞台を日本の戦国時代に置き換えた作品です。

蜷川幸雄（にながわ　ゆきお）

日本を代表する演出家で、世界的にも高く評価されており、ロンドンで『夏の夜の夢』や『ハムレット』を上演。これが高く評価されて、一九九九年から二〇〇〇年にかけては英国でロイヤル・シェイクスピア・カンパニーとともに『リア王』を長期上演しました。

一九九八年からはシェイクスピアの全作品上演計画を実践するなど、日本におけるシェイクスピア演劇を代表する人物の一人です。

野村萬斎（のむら まんさい）

狂言師。狂言以外の舞台やドラマ、映画でも俳優として活躍しており、萬斎が演じるハムレットのために、新たに翻訳された台本を使って上演された『萬斎ハムレット』は高い評価を得ています。

また、シェイクスピアを狂言の手法で翻案した『法螺《ほら》侍《ざむらい》（ウインザーの陽気な女房たち）』『まちがいの狂言（まちがいの喜劇）』『国盗人《くにぬすびと》（リチャード三世）』では主演・演出を担当しています。

嫉妬《しっと》が生む悲劇

冬には悲しい物語がいちばんいい。

『冬物語』第二幕第一場より――

幼なじみのボヘミア王ポリクシニーズと自分の妻ハーマイオニとの不倫《ふりん》を疑う、シチリア王リオンティーズは、その嫉妬心が原因で、自分の愛する妻子、永年の友人を失うことになり、初めて自分の犯した罪の大きさに気づく。この物語の内容を暗示する右に引用の台詞《せりふ》は、リオンティーズの息子マミリアスのもの。

激しい嫉妬心を抑《おさ》えられないリオンティーズは、家臣のカミロにポリクシニーズの毒殺を命じます。王妃の潔白を信じるカミロはポリクシニーズに王の計画を打ち明け、ともにボヘミアに逃げます。王妃は第二子を妊娠中であるにもかかわらず、牢《ろう》に閉じ込められ、獄中で女の子を産みますが、その子がポリクシニーズの娘だと疑わないリオンティーズは、荒野に捨てることを命じます。王妃の裁判中に王子マミリアスの訃報が伝えられ、それを聞いて王妃も亡《な》くなります。すべてを失ったリオンティーズは自分の罪の大きさに気づきますが、時すでに遅し。そして、十六年の年月が流れます。

そもそもこのすさまじい嫉妬心がどうして起こったのか気になりますが、発端はシチリアを訪れていたポリクシニーズが帰国しようとしたとき、王妃が彼を引きとめたことにあります。たったこれだけのことで二人の仲を疑い、その妄想《もうそう》に苦しめられた末、愛する家族も親友も失ってしまうリオンティーズが哀れです。

当時、寝取られた亭主の頭には角が生えるといわれていました。貞淑《ていしゅく》が女性の最大の美徳だった時代だからこそ、こんな悲劇も生まれたのでしょう。

いのちの温かさ

おお、あたたかい。

『冬物語』第五幕第三場より――

ボヘミアの荒地に捨てられた赤ん坊は、羊飼いに育てられ、美しい娘に成長。恋人のボヘミア王子とともにリオンティーズのもとに戻る。続いてボヘミア王とリオンティーズも和解。最後には死んだと思っていた王妃が石像から現れ、一同、歓喜の涙を流すシーンでリオンティーズが言った台詞《せりふ》。

王妃の希望でパーディタと名づけられた赤ん坊は、ボヘミアの荒地で羊飼いに拾われ、十六歳の美しい娘に成長しました。ボヘミアの王子フロリゼルとは結婚を誓《ちか》う仲に。しかし、王は羊飼いの娘との結婚を認めません。フロリゼルは家臣カミロの勧めに従って、パーディタを伴いシチリアへ渡ります。

つぐないの日々を送っていたリオンティーズは、若い二人を見てさらに悔恨《かいこん》の情にかられますが、二人の後を追ってきた羊飼いの持ち物により、娘が王女とわかり、一同は喜びに包まれます。その後、ボヘミア王ポリクシニーズも宮殿を訪れ、リオンティーズと和解します。

場所は変わり、貴族ポーリーナの屋敷にある王妃の彫像を見るために、みんなが集まっています。その像があまりにも生き写しだったため、だれもが悲しみを新たにしますが、ポーリーナの言葉で突然、像が動きだします。それは十六年もの間、ポーリーナにかくまわれて生きていた王妃本人だったのです。

リオンティーズが彫像に触れ「おお、あたたかい」という台詞には、劇中の人物同様、観客も大いに衝撃をうけ、万感の思いを共有するのです。

万物はただ消え去るのみ

われわれは夢と同じ、ささやかな一生は眠りによってしめくくられる。

『テンペスト』第四幕第一場より――

ミラノ大公プロスペローは、弟のアントーニオ、ナポリ王アロンゾーたちの陰謀《いんぼう》により、娘のミランダともども国を追われ、孤島に流れ着く。十二年後、アントーニオ、アロンゾーたちの乗った船が島の近くを通りかかったことを知ると、プロスペローは魔法の力で大嵐（テンペスト）を起こし、船の難破をたくらむ。

プロスペロー追放後、ミラノ大公となったアントーニオ、ナポリ王アロンゾー、その息子ファーディナンドたちの乗った船が大嵐にみまわれます。嵐をしずめてと頼むミランダに、プロスペローはついに真実を話すときがきたと考え、嵐を起こしたわけや、自分こそが正当なミラノ大公であることを話します。

難破船から島に一人たどり着いたファーディナンドは、妖精《ようせい》に導かれてミランダと出会い、二人はひと目で恋に落ちますが、プロスペローは彼にさまざまな試練を与え、彼の娘への愛を確かめます。ファーディナンドは見事に試練に耐《た》え、二人の婚約を祝う妖精たちの仮面劇が始まります。しかし、怪物キャリバンがプロスペローの命を狙《ねら》っていたため、劇は突然中止。急に姿を消してしまった妖精たちを不安に思うファーディナンドに、プロスペローは、「地上のあらゆるものもやがてはあの妖精たちと同じように、はかなく消えるのだ」と語ります。

仇敵《きゅうてき》の息子と自分の最愛の娘の結婚を認めることで、プロスペローが示したかったものは何なのか。形あるものすべてが消え去ったあとに残るものは何なのか。シェイクスピアから、全人類への問いかけがここにあります。

許すということ

復讐《ふくしゅう》ではなく、徳をほどこすのが尊い行いなのだ。

『テンペスト』第五幕第一場より――

島の別の場所には、アロンゾーやアントーニオが流れ着いていた。プロスペローの命《めい》により怪鳥に姿を変えた妖精《ようせい》エアリエルが現れ、彼らの昔の罪をあばく。恐れおののき罪を悔《く》いるアロンゾー、半狂乱となるアントーニオ。彼らが後悔していることを聞き、プロスペローはその罪を許すことを決める。

島の別の場所に流れ着いた昔の陰謀《いんぼう》者たち。アロンゾーは疲れ果てながらも、息子ファーディナンドを捜し回っています。そこへ、プロスペローの命令により怪鳥に姿を変えたエアリエルが現れ、彼らの罪をあばいたあと、「心から悔い改め清らかに生きることを約束しないならば、神罰が下《くだ》るだろう」との言葉を告げ、消え去ります。自分の犯した罪のために愛する息子を失ってしまったと知るアロンゾーと、半狂乱のアントーニオ。

プロスペローが嵐を引き起こした本当の理由は、ここにありました。自分をおとしめた者たちを島に呼び寄せ、犯した罪の大きさに気づかせること。彼らが後悔する様子をエアリエルから聞いたプロスペローは、「自分の目的は果たせた」として魔法の術を解こうと決めます。

「報復はさらなる報復を生む」は、アメリカで起こった同時多発テロ以降、よく聞かれるようになった言葉です。プロスペローがほどこした徳とは、いうまでもなく、相手の罪を許すことです。憎しみの連鎖《れんさ》を断ち切る勇気こそが、未来への大きな一歩となるのです。

愛こそが希望

人間ってなんて美しいのかしら。すばらしい新世界だわ、こんな人たちが住んでいるんですもの。

『テンペスト』第五幕第一場より――

婚約を許されたファーディナンドとミランダは、プロスペローの岩屋でチェスの真っ最中。そこにプロスペローに連れられたアロンゾー一行が現れる。生まれて初めておおぜいの人間を見て、驚きの声を上げるミランダの台詞《せりふ》。

アロンゾーたちの前に姿を現したプロスペローはみんなの罪を許し、ミラノ公国も再び彼のものに。次に、互いに死んだと思っていたアロンゾーとファーディナンドも再会し、一同喜びのうちに退場となります。

若い二人がつないでいく新しい世界、明るい未来への期待感とともに幕は閉じられようとしますが、プロスペローのエピローグにも注目しなければなりません。「私の魔力はすべてなくなってしまい、残るはわずかな力のみ。なにとぞ皆様のご寛容《かんよう》で、この私を自由の身にしてください」という台詞です。

シェイクスピアが、この作品を最後に長年のロンドン暮らしに終止符を打ち、故郷のストラトフォードに帰っていったらしいことを考えると、このエピローグが観客への別れのあいさつとは感じられないでしょうか。また、この作品が彼一人で書き上げた最後の戯曲だと知ると、「許し、和解、愛、希望」こそが、「形あるものはすべて消え去る」という彼の無常観を救う言葉として響いてこないでしょうか。この作品を書き上げて五年後、五十二回目の誕生日とされる日に、シェイクスピアは亡《な》くなっています。

宮廷の女たち

満足こそがいちばんの財産でございますね。

『ヘンリー八世』第二幕第三場より——

国王ヘンリー八世に仕える野心家のウルジー枢機卿《すうききょう》は、敵対するバッキンガム公を陰謀《いんぼう》によって死刑にするなど、宮殿内で権勢をふるっていた。パーティーで出会ったアン・ブリンに一目ぼれしたヘンリーは、彼女に求婚する。離縁される王妃をアンがあわれみ、それを聞いた老婦人が言う台詞《せりふ》。

アン・ブリンは王妃キャサリンの女官でした。非の打ち所のない王妃でしたが、男子に恵まれないことや、彼女がもとはヘンリーの兄の妻であったことなどを理由に彼は結婚を無効にし、アンとの再婚をもくろみます。この離婚請求を承諾《しょうだく》できないキャサリンは裁判における判決を望みますが、彼女の言い分は認められず離婚は成立。そしてヘンリーはアンと再婚することになります。また、この離婚騒動《そうどう》におけるウルジーの策略が国王の知るところとなり、彼は失脚します。

作品では、ヘンリーはアンの美しさに魅了されたことになっていますが、実際のアンは黒髪でやせ形。金髪で豊満な体が美女とされた当時としては、それほどでもない容姿だったようです。また、アンの姉も姉妹の母親もヘンリーの愛人だったといいますから、現代の私たちには考えられないような相関図です。

人間にとって幸せとは何でしょうか。王侯貴族のように、だれもがうらやむような財産を持っていたとしても、家族にも友人にもめぐまれず、一人陰《かげ》で泣くような生活であれば、だれも幸せとは思わないでしょう。今日一日が心満たされて過ごすことができれば、それこそが何よりの財産というものです。

世に残るものとは

人間の犯した悪事は真ちゅうに刻まれて残りますが、善行は水で書かれるといいます。

『ヘンリー八世』第四幕第二場より――

ヘンリーと結婚したアンの戴冠《たいかん》式が華やかに行われる一方、キンボールトンに身柄を移されたキャサリンは病の床に。枢機卿《すうききょう》ウルジーの生前の悪行をあげつらうキャサリンに対して、善行もあったと擁護《ようご》する侍従《じじゅう》の台詞《せりふ》。

臨終の床でキャサリンは、国王の使者に、ヘンリーが娘のメアリーを愛してくれるように、また忠実だった侍女や召使いたちにあわれみをかけてくれるように頼み、王を祝福し、最後まで王妃としての威厳《いげん》を持ち続けて息を引き取ります。若くしてスペインから嫁いできたものの、花婿は数か月後に急逝《きゅうせい》。のちに弟ヘンリーと再婚しますが、男子に恵まれなかったというだけで夫に捨てられ、王妃の称号まではく奪されてしまう、かわいそうなキャサリンです。

史実によれば、キャサリンの葬儀には娘メアリーの出席も禁じられ、ひっそりと行うようにとの命令があったようですが、彼女の死を悲しむ多くの地域住民が葬列に加わり、かわるがわる棺《ひつぎ》をかついだということです。今、彼女の墓には「英国王妃キャサリン」の文字が刻まれています。

人間の記憶とは不思議なもので、よいことよりも悪いことのほうが記憶に残るようです。百の善行も一つの悪行発覚があれば、後世、汚名のみで記憶されることもよくあります。王妃からその座を奪い歓喜したのもつかの間、男子を産むために近親相姦《きんしんそうかん》までしたと言われるアンには、まともな墓すらありません。

栄華と無常

天に太陽があるかぎり、王の栄誉と偉大なる名声は存続し、新しい国が次々と成されることでしょう。

『ヘンリー八世』第五幕第五場より――

アンが産んだ王女はエリザベスと名づけられ、宮殿のまわりは誕生を祝う民衆であふれている。キャンタベリー大司教による祝福の言葉、イギリスの繁栄を予言する言葉が続いて幕となる。右に引用した台詞《せりふ》はその一部。

芝居《しばい》の最後は、王女誕生を祝い、イギリスの繁栄を予言するおめでたい場面で幕を閉じますが、史実ではこの後、暗くおぞましい出来事ばかりが続きます。

アンとの結婚に男子誕生の望みをかけたヘンリーですが、またしても女の子（のちのエリザベス一世）であったため、落胆した彼のアンへの愛情も薄れ、結婚からわずか千日あまりで、国王暗殺や不義密通の罪を着せ、彼女を処刑してしまいます。生涯に六人の妻を迎えたヘンリーですが、離婚や産じょく死、妻の反逆罪による刑死などで、幸せな結婚生活を送ることはありませんでした。しかし文化面では、大司教の予言どおり、シェイクスピアを輩出するなど、エリザベス一世の時代に黄金期を迎える下地を作ったことは事実です。

『ヘンリー八世』は一六一三年に、ジェイムズ一世の王女の婚礼を祝って書かれたものと推定されていますが、シェイクスピアが単独で書いたものではないという議論もあります。いずれにしても、この頃シェイクスピアはすでにロンドンを離れ、故郷のストラトフォードに隠退し、五十二歳で亡《な》くなるまでの数年を家族とともに過ごしたといわれています。

Column 5

シェイクスピアを観てみませんか？

この本を読んでシェイクスピアに興味を持ったら、ぜひ、上演映像にも接してみませんか。レンタルDVDで気軽に見られる作品をご紹介しましょう。

まずおすすめなのは、『ロミオ&ジュリエット（一九九六年）』。レオナルド・ディカプリオが『タイタニック』で大ブレイクする直前にロミオを演じたこの作品は、舞台を現代に移した一風変わった設定で、ロミオは剣のかわりに銃を持っています。しかし台詞《せりふ》はシェイクスピアそのままの本格派。なお、より正統派をお好みの場合はオリビア・ハッセーがジュリエットを演じた『ロミオとジュリエット（一九六八年）』をどうぞ。

次に、アル・パチーノがシャイロックを演じた『ヴェニスの商人』。本来喜劇のこの作品ですが、ユダヤ人側の視点から見た悲劇としての色彩が濃くなっています。映像も非常に美しく、おすすめです。

●参考図書

Complete Works. Arden Shakespeare.(edited by Richard Proudfoot, Ann Thompson and David S. Kastan)

『シェイクスピア大事典』、荒井良雄、大場建治、川崎淳之介・編、日本図書センター

『シェイクスピア ヴィジュアル事典』、L. ダントン=ダウナー、A. ライディング/水谷八也、水谷利美・訳、新樹社

『シェイクスピアの言葉』小津次郎、関本まや子・編訳、彌生書房

『シェイクスピア名言集』斎藤祐蔵・編訳、大修館書店

『新編 シェイクスピア案内』、日本シェイクスピア協会・編、研究社

『シェイクスピアの驚異の成功物語』、S. グリーンブラット/河井祥一郎・訳、白水社

『シェイクスピア』、A. バージェス/小津次郎、金子雄司・訳、早川書房

『シェイクスピア・ギャラリー』、J. ボイデル/小田島雄志・編、社会思想社

『シェイクスピア傑作』、W. シェイクスピア/木下順二・編、世界文化社

『ハムレット』、青山誠子・編著、ミネルヴァ書房

『劇場人シェイクスピア――ドキュメンタリー・ライフの試み』、安西徹雄、新潮選書

『「ロミオとジュリエット」恋におちる演劇術』、河井祥一郎、みすず書房

『シェイクスピアとグローブ座』、アリキ・文と絵/小田島雄志・訳、すえもりブックス

『シェイクスピアの男と女』、河井祥一郎、中公叢書

『シェイクスピアを楽しむために』、阿刀田高、新潮文庫

『快読シェイクスピア』、河合隼雄、松岡和子、新潮文庫

●写真提供

(p.22) サラ・ベルナール/©Bettmann/CORBIS

(p.23)『ウエスト・サイド物語』DVD発売中、20世紀フォックス ホームエンターテイメント、©2008 Metro-Goldwyn-Mayer Studios Inc. All Rights Reserved./Distributed by Twentieth Century Fox Home Entertainment LLC.

(p.204) 黒澤明/©Gérard Rancinan/Sygma/Corbis

(p.205) 蜷川幸雄/©Michael Kim/Corbis

(p.205) 野村萬斎/『ハムレット』、発売元:(株)ホリプロ、¥6,090(税込)

(p.222)『ロミオ&ジュリエット』DVD発売中、20世紀フォックス ホームエンターテイメント、©2008 Twentieth Century Fox Home Entertainment LLC. All Rights Reserved.

(p.222)『ヴェニスの商人』発売元:アートポート、¥3,990(税込)

●執筆者

青木英明　フランス語通訳などを経て、現在はライター、編集者、予備校講師。

田中紫野　英語・英文学のライター、編集者として活動。

近藤合歓　英語の学習参考書や語学教材を中心にライター、編集者、翻訳者として活動。

藤本なほ子　編集者、ライター。主に辞書・言語関係の書籍を制作。

●校閲／市川ポポン
●編集協力／(株)一校舎
●本文デザイン／金親真吾
●DTP製作／ディーキューブ

自分らしい幸せに気づく シェイクスピアの言葉

編　者――一校舎比較文化研究会
発行者――永岡修一
発行所――株式会社永岡書店
〒176-8518　東京都練馬区豊玉上1-7-14
代表 ☎ 03（3992）5155　編集 ☎ 03（3992）7191
印　刷――図書印刷
製　本――コモンズデザイン・ネットワーク

ISBN978-4-522-47602-4　C0176